お電話かわりました名探偵です

復讐のジングル・ベル

佐藤青南

角川文庫
23467

目次

プロローグ

　男はゆっくりと歩いて、受話器を手に取った。

　住宅街の中にある公衆電話だった。男が娑婆《しゃば》を離れている間に普及し始めていた携帯電話はほとんどがスマートフォンに取って代わられ、いまや一人一台の時代だという。たしかにランドセルを背負った子どもが誰かと通話しながら歩いている様子を、たまに見かける。

　いつでも誰でも連絡が取れる。

　便利なご時世になったものだ。

　それが犯罪者にとって、良いのか悪いのかはわからないが――。

『1』、『1』、『0』のボタンをプッシュする。

　両手に軍手を嵌《は》めているので、指紋が付着する心配はない。

　すぐに声が聞こえた。

『Z県警一一〇番です。事件ですか。事故ですか』

またあの女だ。

舌足らずで幼い印象の話し声。最初に聞いたときには電話をかけ間違えたかと焦ったが、そんなわけがなかった。だとすると、この小学生と錯覚するようなロリータヴォイスの持ち主は間違いなく成人しており、間違いなく警察官なのだろう。

男は息を詰め、受話器の向こうに耳を澄ませた。

ざわざわと慌ただしく動き回るような物音。

おそらくその中に〈万里眼《まんりがん》〉もいるのだ。

怒りがこみ上げ、受話器をきつく握り締めていた。

『もしもし。もしもし。どうされました？　大丈夫ですか』

心配そうな声に呼びかけられても、男の口は開かない。声を発すれば〈万里眼〉に正体を悟られてしまうかもしれない。やつがどうやって、電話から聞き取った情報だけで事件を解決に導いているのかは知るよしもない。だからこそ、どんな小さなヒントでも与えるわけにはいかなかった。

『もしもし？　もしもーし』

女の声の背景に、少し年齢を重ねたような別の女の声が聞こえた。

『どうしたの？　また例の無言電話？　私が注意してあげようか』

『でもまだ迷惑通報かわかりませんので』

『話しかけてもなにも言わないんでしょう』

『はい』

『所轄から警官を派遣して様子を見てきてもらったら。どうせ無駄足になると思うけど』

　男は受話器を置き、通話を終えた。

　あらためて周囲を見回す。

　あたりには、昼下がりのゆったりした時間が流れている。男が電話をかけている一分弱の間には通行人もなかったし、付近には防犯カメラも見当たらない。そもそもキャップを目深にかぶり、サングラスとマスクをした顔がカメラに捉《とら》えられたところで、人物を特定することは不可能に近いだろう。

　ダボッとしたウインドブレーカーとカーゴパンツで身体の線を隠し、シークレットブーツで身長もかさ増ししているので、映像に捉えられた外見からは、おおまかな年代すら推定できないはずだった。

「必ず復讐《ふくしゅう》してやる」

　男は舌打ちをして、軍手をカーゴパンツのポケットに突っ込み、歩き出した。

CASE1　大怪獣、現る！

1

背後で陶器の割れる音がして、僕は振り向いた。

床に黒い水たまりができていて、コーヒーカップの白い破片が散乱している。

「和田《わだ》さん……?」

粗相してしまったスーツ姿の男性は、同僚の和田さんだった。同僚といっても僕は通信指令課、和田さんは捜査一課と、部署が異なるのだけど。

浅黒い顔をわずかに白くしながら、和田さんがぎこちない愛想笑いを浮かべる。

「えっ。和田さん?」

そう言って目をハートマークにしたのは、ミキさんだった。僕はコーヒーショップでミキさんと話しているところだった。この店の場所は職場からも寮からも近くない。そこに同僚の和田さんが登場したのは、けっして偶然ではないだろう。

なにしろ和田さんのそばには、いぶき先輩もいたのだから。

君野《きみの》いぶき先輩は正真正銘、Z県警本部通信指令課の同僚だった。通信指令課は市民からの一一〇番通報を受けて所轄に出動指令を出すための部署だ。僕といぶき先輩は通信員として隣り合う一一〇番受理台で、市民からの通報に対応している。いわば誰よりも頻繁に顔を合わせ、誰よりもそばにいる存在。

そのいぶき先輩が、なぜか県警本部から遠く離れたコーヒーショップで、和田さんと一緒にいる。

もしかして。

一瞬、心に暗い影が差したが、どうも様子がおかしい。和田さんもいぶき先輩も、自らの潔白を訴えるかのように両手を振っていた。

「これは違うんだ。けっして早乙女《さおとめ》くんとミキちゃんがどんな話をするのか、盗み聞きしようとしていたわけでは……」

「和田さんに強引に連れてこられただけで、私が言い出したことではありません」

つまり、僕とミキさんがどんな話をするのか盗み聞きしてやろうと言い出したのは和田さん。いぶき先輩は強引に連れてこられた。

「どうしてそんなことを……？」

和田さんだけならわからなくもないけど、いぶき先輩まで。

和田さんが大きくかぶりを振る。

「誤解しないでくれ。けっして下世話な興味でこんなことをしたわけじゃない。いぶきちゃんが、すごく心配しているみたいだったから。早乙女くんがミキちゃんに告白しちゃうんじゃないかって」

「僕が？」

意味がわからない。

なんで僕がミキさんに？

ミキさんはもともと常連の迷惑通報者だった。

僕は何度会っても忘れられるような平凡な顔立ちなのに、声だけはすごく良いらしい。目を瞑《つぶ》って聞けば絶世のイケメンと話をしているようだと、学生時代に友人のお姉さんから言われたっけ。褒められているのか微妙な上に女性と話をすること自体が苦手なので、そのときは曖昧《あいまい》に顔を歪《ゆが》めただけだったけど。

ともあれ〈声だけイケメン〉の僕が、音声のみで市民とコミュニケーションを図る通信員という仕事をえたおかげで、人生で初めての、そしてまったく望んでもいないモテ期を迎えることとなった。一一〇番通報してきた女性に声を気に入られ、よくナンパされるのだ。中には僕と話すためだけに、用もないのに繰り返し一一〇番してくる不届きな女性もいる。

そのうちの一人が、ミキさんだった。

あくまで回線を通じた声だけの関係のはずが、ミキさんは僕の勤務先である県警本部まで押しかけてきた。そのときに迷惑だとはっきり伝えられればよかったのだけど、〈NOと言えない日本人コンテスト〉が開催されたら自信を持って日本代表に名乗りを挙げられるほど、断り下手な僕だ。ミキさんの勢いに押し切られるかたちで、ときどき食事をする関係になった。

それでも、ただの友達ならかまわない。けれど僕は、ミキさんの好意を感じていた。にもかかわらず、はっきりと拒絶の意思を示せずに、ずるずるとそのままの関係を続けていたのだった。これはよくない。いくらなんでもミキさんに失礼だ。

だからいまこの場で、はっきり伝えようと思っていたのだ。

好きな人がいるので、あなたの好意に応《こた》えることはできません――と。

それなのになぜ、僕がミキさんに告白することになるのか。まったく逆だ。

いぶき先輩が抗議する。

「そんなこと言ってません。勝手に発言を捏造《ねつぞう》しないでください」

「言っていなくても思ってるよ。ここまでついてきたのがなによりの証拠だよ。普段のいぶきちゃんなら、そんな悪趣味なことには付き合えないって断った」

いぶき先輩の頬がぽっと赤くなり、和田さんが得意げに片頬を持ち上げる。

「な。いぶきちゃん、言っただろう？　早乙女くんはミキちゃんに告白しようとしているわけじゃない。むしろ逆だって」

和田さんは僕が〈ミキさんに告白しない派〉だったようだ。

「私はそんなの興味ないし、どっちだっていいと言ったはずですが」

「そういうこと言うかな。コンサートの誘いを断るときに、好きな人がいるって――

――」

「和田さん」

いぶき先輩が和田さんを睨《にら》みつける視線には、これまで見たことのないような殺気がこもっていた。さすがの和田さんも顔が引きつっている。

そのとき、ミキさんが立ち上がった。

「王子さま！」

両手を胸の前で合わせ、吸い寄せられるような足取りで、和田さんに近づいていく。

「待って待って。まだ破片が散らばってて危ないから」

和田さんが手の平を向けて、ミキさんを制する。

「私なら平気。いざとなったら和田さんが守ってくれるって信じてるし」

「おれが守れるのは犯罪からだけだよ」

「それでもかまわない」

「意味がわからない」

ミキさんの猛烈なアピールに、和田さんがたじたじになっている。

その様子を見ながら、いぶき先輩が我慢できないという感じでクスッと笑った。それから僕を見て、天使の微笑みを浮かべる。天にも昇る心地とはこのことだろう。僕はふわふわと身体が宙に浮くような感覚だった。

けれどふと思い出して、彼女に訊《き》いた。

「いぶき先輩。好きな人……って」

好きな人がいる。和田さんからのコンサートの誘いを、いぶき先輩はそう言って断った。

和田さんでないとしたら、本命は誰だ。

夫婦《めおと》漫才のようなやりとりを繰り広げる和田さんとミキさんをよそに、いぶき先輩は僕に歩み寄ってきた。白い頬が上気していてすごく色っぽいし、すごく良い匂いがする。気が遠くなりそうなのを、僕は懸命に堪《こら》えた。

立ち上がった僕を、彼女が見上げる。色素の薄い濡《ぬ》れた瞳《ひとみ》に、僕の口を半開きにした間抜けな顔が映っていた。

「誰だと、思いますか」

「えっ……と」

近い。毎日のように顔を合わせているけど、こんなに近づいたことってあるだろうか。たぶん初めてだ。

だってこれほどの身体の変調を感じたことはない。心臓がとんでもない速度で鼓動を刻んでいて、いまにも制御不能に陥ってしまいそうだった。これ以上彼女のそばにいたら、ドキドキのあまり死んでしまうかもしれない。

でもそれって世界でもっとも幸福な死因かも。

いぶき先輩はかまわずに顔を近づけてくる。僕は魅入られたように動けない。もはや鼓動はドラムロール並みの速度だ。

リップで艶《つや》めく唇の、皺《しわ》の一本ずつまでが確認できるほどの距離になる。

濡れた瞳に映る自分の間抜け面が消えて、彼女が目を閉じたことに気づいた。

え、これってもしかして。

いぶき先輩の「好きな人」って……。

僕は目を閉じ、唇をすぼめた。

そのときだった。

「変な顔！」

笑い声がして目を開けると、いぶき先輩が手で口を覆っていた。

どういうこと？

わけがわからない。

狐につままれたような心境で呆気《あっけ》にとられているうちに、気づいた。いぶき先輩はこんな豪快に声を立てて笑わない。というか、この声自体、いぶき先輩のものではない。

だとしたらこれは……。

意を決してまぶたを開くと、やはりそうだった。夢だ。

朝方まで通報が連続したせいでまったく仮眠が取れなかったので、二十四時間の当直勤務を終えて反対番に任務を引き継いだ後、仮眠室でひと眠りしてから帰宅することにしたのだった。

そういうわけで僕は、Z県警本部の仮眠室にいる。当直勤務の職員用に二段ベッドが四台置かれただけの殺風景な部屋は、窓がないために日中でも薄暗く、湿った空気はほんのりと汗臭い。

状況は理解した。僕は夢を見ていた。

そして目を覚ました。

それなのに、なぜ子どもの姿が見える。

前髪をパッツンと切り揃えた十歳くらいに見える男の子が、ベッドの横で腹を抱えて笑っている。夢の中で聞こえた笑い声はいぶき先輩ではなく、この子のものだったようだ。

僕はいったん、ぎゅっと目を瞑り、まぶたを開いた。

自分はまだ夢うつつの状態から抜け出せていないようだ。

普通、ここに子どもはいない。部外者は立ち入れない場所だ。いぶき先輩も夢だったが、子ども幻覚だろう。

だが幻覚は消えない。

「変な顔！　変な顔！」

ケタケタと神経に障るような高い声で笑っている。ときおり唇をすぼめているのは、目が覚める直前の僕の表情を真似ているのだろう。そんなことをされたら恥ずかしさで顔が真っ赤になるところだが、いまの僕は恐怖心のほうが勝った。

いるはずのない子どもが、ここにいる。

これって、つまり……。

笑いを収めた子どもが、僕を覗《のぞ》き込んでくる。

「ねえ。なにしてるの」

僕は両手で顔を挟み、悲鳴を上げた。

2

僕は横を歩く少年に、恨めしげな視線を投げかけた。

彼はまったく意に介さない様子で、思い出し笑いの波に肩を揺らしては、目の端に浮いた涙を拭《ぬぐ》っている。一つのことでこんなに長時間楽しめるなんて、子どもというのはなんてコスパの良い幸せな生き物だろう。僕にも、こんなに無邪気な時代があったのだろうか。信じられない。

「警察官なのに、幽霊が怖いなんてさ！」

また波が押し寄せてきたらしく、少年が噴き出した。

警察官だって幽霊は怖いさ。きみと同じ人間なんだぞ。

思ったけど、彼にとって警察官は完全無欠のスーパーヒーローなのかもしれない。なににたいしても恐れない、勇気にあふれる存在なのだ。だとしたら、あえていまその幻想を壊す必要もないのかな。

「海斗《かいと》くんには、怖いものはないのかい」

「あるわけない。足だって学年で一番速いしね」

足の速さと恐怖心に因果関係はなにもないけど、子どもと会話するってこういうことだよな、と妙な感慨に耽《ふけ》る。

少年の名前は、竹内《たけうち》海斗くんといった。市の外れにある小学校の四年生で、このZ県警本部庁舎には、社会科見学で訪れたらしい。いまごろ引率の先生が、真っ青になって捜し回っているかもしれない。

それにしても――。

思い出すだけで耳まで熱くなる。

海斗くんにキス顔を見られてしまった。表情はともかく、変な寝言を口にしていなければいいけど。僕がなにか言っていたかなんて、怖くて確認できない。

トイレの前を通過しようとすると、ちょうど和田さんが出てきた。スラックスのベルトを締めながら、僕の横にいる異物に気づいて太い眉《まゆ》を持ち上げる。

「やあ、早乙女くん」

「お疲れさまです。和田さん」

「その子、どうしたの」

不思議そうにしながらも笑顔を作り、「こんにちは」と少年に語りかける。さすがコミュ力お化けだ。この人ならきっと良いパパになるのだろう。

「社会科見学です」

僕の説明に、海斗くんは自らがここに存在する正当性を主張するかのように大きく頷《うなず》いた。

ふうん、と和田さんが顔をかく。

「そういや今日、一校受け入れるって言ってたっけ……っていうか、早乙女くんが案内してあげてるの」

「違います。はぐれちゃったみたいで、仮眠室に入り込んできてたんです」

「はぐれたんじゃない。退屈だから抜け出したんだ」

海斗くんは誇らしげに自分の胸をこぶしで叩《たた》いた。

ルールを破って大人に迷惑をかけたのになんでそんなに自慢なんだ。

和田さんは愉快そうに白すぎる前歯を覗かせた。

「そうか。抜け出したのか。社会科見学なんて、肝心なところは見せてくれないからつまんないよな」

我が意をえたりという感じで、海斗くんがにんまりしている。さすが和田さん。人たらしの対象は大人限定ではないらしい。

「じゃあ、捜査一課見ていくか。殺人事件とかの凶悪犯罪を捜査する部署だ」

「本当に？」

海斗くんが目を輝かせる。

「和田さん。さすがにそれは……」

たまらず口を挟むと、広い肩をすくめられた。

「わかってるって。冗談だ。ごめんな。いまはあんまりおっきな事件も起きてないから、捜査一課では怖い顔のおじさんたちがたむろしているだけなんだ。だから、見てもつまんない」

「そうなの」

落胆が顔に出る。子どもってわかりやすいな。

和田さんが海斗くんの頭に手を置いた。

「その代わり、もっとおもしろいところに連れて行ってやるよ」

「おもしろいところ？」

「ああ。捜一なんかよりよっぽどおもしろい。なにしろ市民にとっての警察の窓口だし、すごく大事な仕事だし、めちゃくちゃ忙しい」

「マジですか」

海斗くんを通信指令室に連れて行こうというのか。

和田さんが軽く顔を寄せてきた。

「たしか今日の社会科見学のコースに入ってたよ」

「そうでしたっけ」

一般市民でも、事前に申し込めば通信指令室を見学することができる。ただし中には入れない。ガラス張りの部屋を外から見学するだけだ。

「ああ。変に庁内を探し回るより、一か所で待ってたほうが確実じゃないかな。動き回ると入れ違いになる恐れもある」

一理ある。僕は和田さんの提案に同意した。

三人並んで廊下を歩く。

「それにしても和田さん、社会科見学のコースまで把握してるなんて、さすがですね」

「そりゃあね。ちびっ子たちが見に来るんだから、かっこよくキメておかないと」

和田さんが短髪に見えない櫛《くし》を通すしぐさをすると、海斗くんが笑った。

捜査一課の和田さんが通信指令室に入り浸っていること自体が異常なのだけど、もはや感覚が麻痺《まひ》して、僕だけでなく通信指令課一同が疑問を感じなくなっている。もっともその背景には、和田さんの人間的な魅力があるのだろうけど。

エレベーターで八階に上がる。

すぐに通信指令室が見えてきた。

「わあっ」

目と口を大きく開く海斗くんの子どもらしいリアクションに、僕は鼻が高くなる。

壁一面のガラス越しに、天井の高い空間が広がっていた。県内全域を映し出した三十六面の巨大スクリーンに向かって、一一〇番受理台が六台二列、無線指令台が六台一列、総合指令台が四台一列並び、最後尾に統合台が設置されている。それぞれの指令台は三台のディスプレイとタブレット式の事案端末に囲まれていて、さながら飛行機のコックピットのような物々しさだ。それが広大な空間に整然と並ぶさまは、壮観の一言に尽きる。

いま室内を動き回る職員たちとは面識こそあるものの、それほど親しくはない。他県は知らないが、Z県警の通信指令課は二十人から成る三班が、二十四時間ごとに交替する勤務態勢だ。僕がいつも一緒に仕事をしている同僚たちは、いまごろ帰宅して思い思いの非番の時間を過ごしているだろう。

と、ガラス越しに利根山万里《とねやまばんり》管理官と目が合った。嬉《うれ》しそうに目尻《めじり》に皺《しわ》を寄せ、こちらに向かって歩いてくる。

管理官はガラスの向こうで僕らの目の前を通過した後、前方の出入り口から廊下に出てきた。紺色の制服を着ているが、好々爺然《こうこうやぜん》とした佇《たたず》まいは六十余人を束ねる警察幹部の威厳とはほど遠い。手には〈ソフトサラダ〉の袋を持ち、ほんのりと防虫剤の香りまで漂わせるものだから、いつも田舎の祖父を思い出してしまう。

「青森のお祖母《ばあ》さん家《ち》と同じ匂いがする！」

初対面の小学生でも同じ印象のようだ。

管理官はフォッ、フォッ、フォッと咳払《せきばら》いのような笑いを漏らしながら、海斗くんに〈ソフトサラダ〉の個装を差し出した。

「これ、食べるかい」

「いらない」という海斗くんの反応は、僕にとって予想外だった。

「知らない人からもらっちゃダメだって」

管理官は面食らったように目を見開いた。

「そうか。そうだね。えらいねえ、僕」

うんうんと満足げに頷き、管理官が僕を見た。

「まだ帰っていなかったのかい」

「ええ。仮眠をとってから帰ろうと」

「もう仮眠っていう時間じゃないけどな」

和田さんが腕時計を見る。

午前九時に仕事を終えたのに、すでに正午近くになっていた。にわかに空腹を思い出し、朝食すら摂《と》っていないことに気づく。食堂でなにか食べて帰るか。

「かっこいい」

海斗くんはガラスに顔をくっつけるようにして、通信指令室を覗《のぞ》き込んでいる。

「そうだろう。県内からの一一〇番は、ぜんぶここにかかってくるんだ」

和田さんの説明は自慢げだ。

「県内から？」

「そう」

「ぜんぶ？」

海斗くんの視線がこちらを向いた。

「そ、そうだよ」

僕は慌てて応《こた》える。

「すごいなあ。ぜんぶって、どれぐらいだろう」

「平均すると、一日に一千二百本ぐらいかな」

管理官が説明しながら、僕に〈ソフトサラダ〉の個装を差し出してくる。ありがたく頂戴《ちょうだい》し、ほんのりした塩味のせんべいを噛《か》みしめた。

「せん、にひゃく？　それってすごく多くない？」

「おう。すごく多いさ。一人あたり平均百本の通報に対応するんだ。めちゃくちゃ大変だと思うぞ」

和田さんが海斗くんの隣にしゃがみ込む。横に並んでガラス越しに指令室を見回す二人の姿は、父と子のようだ。

「早乙女もこれ、やってるの？」

質問の内容よりも、いきなり呼び捨てにされたことに意表を突かれた。

「もちろん」

答えながら、内心で首をひねる。

なぜ呼び捨て？　なぜ？　ほかの大人もだろうか。それとも僕だけ？

釈然としないが、相手は子どもだし、細かいことにこだわるのもみっともない。

「すごい。かっこいい」

海斗くんは視線をガラス越しのハイテク空間に戻した。

「あの台が、早乙女くんのいつも使っている一一〇番受理台だよ。一番前の列の、こっちから二番目の五番台」

和田さんの指し示す方角を、海斗くんが目で追っている。

「あそこ？」

「そうそう。あそこ。いまは眼鏡のお兄ちゃんが座っているところ」

「へーっ。すごっ。早乙女でもできるんだ」

なにか引っかかる言い方だな。

けれどそんなことは、その後に続いた言葉で消し飛んだ。

「──で、どれがいぶき先輩なの？」

全身が石になる。

きょとんと目を瞬《しばた》かせた和田さんの顔に、やがて笑みが広がった。ちらりと横目で僕をうかがい、海斗くんに視線を戻す。

「なんでその名前を？」

「寝言で言ってた。早乙女の好きな人なんでしょ？　夢の中でチューしようと──」

僕は背後から海斗くんの口を手で塞《ふさ》いだ。どうやら僕は寝言を漏らしていて、ぜんぶこの子に聞かれていた。全身が火を噴きそうに熱くなる。いっそ本当に火を噴いて燃えてしまいたい。灰になってこの場から消え去ってしまいたい。

「早乙女くん。チューしようとしたのかい？」

和田さんの目が逆さ三日月になっている。

「ちちち、違……」

違います、とは言い切れない。だってそれは嘘になるから。変なところで生真面目すぎる自分の性格が嫌になる。

「したよ！　こういう顔して」

海斗くんが唇をすぼめ、キス顔を作る。

「やめなさい」

僕は彼の顔を手で覆った。

そのときだった。

「海斗くん？」

背後から声がして振り向くと、四十代ぐらいの上品そうな女性が立っていた。その後ろには、海斗くんと同じくらいの年代の子どもたちがぞろぞろと行列を作っている。海斗くんの担任教師と、同級生たちだろう。

よかった。重責から解放されて安堵《あんど》したのも束の間、右手に電流を流されたような痛みが走って飛び上がった。右手を見ると、くっきりと歯形がついている。海斗くんに嚙まれたのだった。

右手を押さえて悶絶《もんぜつ》していると、海斗くんから耳打ちされた。

「好きなら好きって、はっきり伝えなきゃダメだよ」

じゃあね、と僕から離れ、和田さんと管理官にも手を振りながら集団に戻っていく。

やっぱり子どもは苦手だ。

痛みを手を振って誤魔化しながら、僕は思った。

3

あははは、と抜けるような笑い声が、お昼過ぎの通信指令室に響き渡った。

そんなにおもしろい話かな、と個人的には首をひねってしまうが、笑いのツボは人それぞれ。こんなに笑ってもらえたら痛い思いも報われる。そういうことにしよう。

ひーひーと引きつけを起こしそうな勢いで腹を抱えているのは、細谷《ほそや》さんだった。通信指令課の同僚で、僕の右隣の六番台を担当している。おおらかそうな見た目の印象通り、金物店を営む旦那《だんな》さんとともに二児の子育てに励む肝っ玉母さんでもある。

「あーおかしい。そんなにくっきり痕《あと》がつくなんて、よほど強く噛まれたのね。痛かったでしょう」

そう言いながら、椅子のキャスターを滑らせて僕の右手を覗き込んでくる。

「痛いなんてもんじゃないですよ」

僕は右手を持ち上げ、二日前の名誉の負傷を細谷さんに向けた。一つひとつの歯のかたちがわかるほど、くっきりした傷跡が残っている。

「血は出たの」

「いいえ。出血はしていないです」

当日は真っ赤に内出血していた歯形は、二日経ったいま、どす黒くなってきている。これからかさぶたにでもなるのだろうか。

「これは少し時間がかかりそうね」

「僕もそう思います」

細谷さんが僕の傷跡にそっと触れる。

その瞬間、視界に星が瞬いた。

「痛っ！」

「ごめんごめん。そんなつもりじゃなかったんだけど」

細谷さんが僕越しに四番台に声をかける。

「ねえ、君野さん。この傷見てあげてよ。かわいそうに」

いぶき先輩はクロスワードパズルの雑誌を開いていた。ついさっきまではヘッドセットマイクで通報に対応していたのだが、無事、所轄にバトンを渡し終えたようだ。

それにしてもいぶき先輩、いつ見ても整った横顔だ。もちろん正面から見ても完璧《かんぺき》なのだけど、正面からだとまじまじ見つめるわけにはいかないし、特等席で毎日この横顔を眺められるのは幸運なことだよな。

ひそかに見とれていると、いぶき先輩の黒目だけがこちらを向いた。遅れて首が回り、顔ごとこちらを向く。

「ほら、ね」と、細谷さんに促され、僕は右手を先輩のほうに向けた。まるで記者会見で結婚指輪を見せびらかす芸能人みたいなしぐさだけど、悲しいことに僕の手に宝石はないし、もっと悲しいことに相手もいない。あるのは痛々しい傷跡だけだ。

先輩は僕の手の傷跡をしばらく見つめ、視線を僕の顔に向けた。

僕はひそかに生唾《なまつば》を呑《の》み込む。

いつまで経ってもこの視線には慣れない。元来人見知りの上に、女性と話すのが苦手だ。言葉が詰まって出てこなくなり、それでも無理に会話を盛り上げなければと張り切ると、的外れなことを口走って場をしらけさせてしまう。自分に自信が持てないせいだと思うけど、自己分析して弱点を把握したところで、自信なんて急に持てるものでもない。

ここは僕のターンだろうか。なにか言うべきだろうか。そんなことを考えて口をあうあうと動かすものの、気の利いた台詞《せりふ》は浮かばなかった。

いぶき先輩が同情するように目を細める。

「とても痛そうですね」

年上に思えないような、舌足らずで幼い癒《い》やし声。

僕は内心で海斗くんに感謝した。ありがとう、海斗くん。きみに右手を嚙《か》まれなければ、いぶき先輩からこんな表情を向けてもらえることもなかったよ。

けれど、そう思えたのは一瞬だった。

先輩はこう続けたのだ。

「早乙女くんはその海斗くんという男の子に、なにをしたのですか」

全身が硬直する。

いぶき先輩は軽く首をかしげ、疑念を表明した。

「早乙女くんの話には、不自然なところがあります」

「どこが？」

細谷さんはきょとんとしている。

「社会科見学に来ていた海斗くんが、集団を抜け出して署内を探検し、仮眠室に潜り込んだ。そこでは当直勤務を終えた早乙女くんが、帰宅前に仮眠をとっていた。そう言っていましたよね」

「ええ」

なんだか視界が悪いなと思ったら、まぶたが痙攣《けいれん》していた。

「早乙女くんは海斗くんを集団に戻そうとした。そのとき、和田さんにばったり会った。和田さんは海斗くんに通信指令室を案内することを提案し、早乙女くんもそれを受け入れた。そして三人で通信指令室――ここに向かった」

ごくり。唾《つば》を飲み込んだ拍子に喉《のど》が鳴る。

「その後、指令室の前で管理官と立ち話をした。そこで海斗くんに手を噛まれた……やはり不自然です。一人で署内を探検したことから、海斗くんはかなりのやんちゃ坊主であることがうかがえます。しかし、早乙女くんと和田さんに従っておとなしく通信指令室までついてきています。なのになぜ、最後に突然、早乙女くんの手を噛んだのでしょう。それだけの傷跡になるのだから、じゃれ合いとか、いたずらというレベルではありません」

顔にこそ汗をかいていないものの、僕の制服の内側はぐっしょりと湿っていた。

ダメだ。この人相手に嘘は通用しない。

なにしろ謎が大好物。

通報者から聴取した乏しい情報のみで事件を解決に導いてしまうほどの鋭い洞察力を持つ伝説の通信指令課員。

人呼んで〈万里眼〉――。

いぶき先輩がクロスワード雑誌を閉じ、椅子を回転させて身体ごとこちらを向いた。

膝《ひざ》に手を置いて前のめりになり、じっと僕を見つめる。

丸裸にされた気分だった。

許されるものなら、いますぐこの場から逃げ出したい。

「そういえばそうね。話を整理してみると、海斗くんが急に凶暴化したような印象を受ける」

細谷さんがうんうんと頷《うなず》く。

いぶき先輩の視線は、僕に固定されたままだ。

「海斗くんに噛まれたという歯形は、早乙女くんの右手の親指と人差し指の間にあります。なにもない状態で襲いかかって、この場所を噛むことは難しいはずです。誰かが襲いかかってきたとき、人間はとっさに自分を守ろうとします。自然な防御動作は、ボクサーのファイティングポーズのように腕で自分をガードするものでしょう。その場合、手を噛まれるにしても歯形は小指側につくはずです。それなのに早乙女くんの右手の歯形は、親指と人差し指の間についています。これがなにを示すか……考えうるのは、背後から海斗くんの口を塞《ふさ》ごうとして、右手の平で海斗くんの口を覆った場合、などでしょうか」

　大当たりだ。

「なるほど。それならここに歯形がつくわね」

　細谷さんは手で自分の口を塞いで状況を再現している。

「察するに、早乙女くんは話の大事な部分を省略しています。海斗くんがなにか言おうとしたのを、早乙女くんが邪魔した。だから海斗くんは、早乙女くんの手を噛んだのです。違いますか」

「ち……違」

　言いよどんでしまう。

　ああ、また変なところでバカ正直なのが出た。

　これじゃ、いぶき先輩の仮説が正しいと認めているようなものじゃないか。

　案の定、先輩は確信を深めたようだった。

「海斗くんはなにを言おうとしたのですか」

「えっと。それは……」

「どうして隠すのですか。なにか後ろめたいことでもあるのですか」

「いや……後ろめたいとかは、別に」

「それなら話してください」

言えるわけがない。僕が夢の中でいぶき先輩にキスしようとしていて、その模様が寝言によりダダ漏れになって完全実況中継されており、海斗くんに聞かれてしまっただなんて。

「私には、話せないんですね」

いぶき先輩の瞳《ひとみ》に、悲しみのような諦《あきら》めのような色が宿る。

いやいやそういうことではないんです。後ろめたいとか秘密主義とかそういうことじゃなくて……。

どうすればいいんだ。

なぜか重くなった空気に途方に暮れた、そのときだった。

「放送禁止用語だよ」

和田さんが歩み寄ってきた。

軽い足取りで歩きながら、さっと僕に目配せをくれる。この場はおれに任せておいてくれというメッセージが伝わってきた。

「放送禁止用語？」

細谷さんが眉《まゆ》をひそめ、いぶき先輩も首をひねっている。

和田さんは肩を持ち上げた。

「そ。放送禁止用語。女性にはとても聞かせられないような、お下品な単語。どこで覚えたのか知らないけど、あれぐらいの男の子って、意味もなくそういう言葉を連呼したりするじゃない」

「そう……なんですか？」

いぶき先輩にはピンとこないようだが、息子を持つ母である細谷さんは違った。

「なるほど。そういうこと。たしかにそうね」と膝を打っている。

「そういうこと」と女性陣を交互に見て、和田さんは続けた。

「たしかに早乙女くんは話の大事な部分を省略して伝えた。そのせいで、いぶきちゃんにあらぬ疑いをかけられることになった。でも、けっして後ろめたい事情があったわけじゃない。男の子が、女性に向かって言うべきでない単語を連呼していた。それだけなんだ。そんな話、ありのままを伝えたらハラスメントになる」

「そうだったんですか」

いぶき先輩の表情からは、先ほどまでの険がすっかり抜け落ちていた。

とりあえず僕も和田さんの助け船に全力で乗っかる。

「そう。そうです。放送禁止用語を連呼していたんです」

先輩からの疑いは完全に晴れたようだ。

和田さんの機転に感謝したのも束の間、今度は細谷さんが不可解そうに腕組みをする。

「でも、それも変じゃない？」

「ど、どこがですか」

訊《き》き返す和田さんの声がやや硬い。

「いま和田くんが言ったように伝えてくれればよかっただけじゃない。海斗くんが言っちゃいけないような言葉を連呼してた。だから口を塞ごうとした……って。言葉そのものを口にしなくても、なにが起こったのか伝えることはできる。それ自体をなかったことのようにするほうが、話の流れが不自然になるもの」

思わぬ方向からの攻撃に、さすがの和田さんも固まった。

「そ、それにしても今日は良い天気だね。青い空に入道雲がもくもくしてて、これぞ夏……って感じだよ」

和田さんがこんな苦し紛れの話題転換をするなんて。

「今日天気が良くても、私たちは明日《あす》の朝まで外に出られませんけど」

いぶき先輩の冷静な突っ込みに、硬い沈黙がおりる。

そのときだった。

僕の指令台の右手に設置されていた警告灯が緑色に光った。一一〇番の入電を示すサインだ。

よかった。会話を打ち切れる。

僕はどこの誰かもわからない通報者にひそかに感謝しながら、操作パネルの『受信』ボタンを押した。

ヘッドセットの位置を調整しながら語りかける。

「はい。Z県警一一〇番です。事件ですか。事故ですか」

『かか、怪獣が暴れている』

感謝してよかったのだろうか。

4

いま「カイジュウ」と聞こえた気がする。

僕が真っ先に思い浮かべた漢字は「怪獣」だ。映画とかテレビとか、フィクションの創作物に登場する、巨大なトカゲのような生物。もしかしたらトカゲという形容については異論があるかもしれない。鱗《うろこ》があって尻尾《しっぽ》があって、大きさは高層ビルぐらいで、光線やガスなどを発しながら街を破壊し尽くす。その分野に詳しくない僕の貧困な想像力で思い描ける「怪獣」はそんなものだが、マニアによればもっと違うバリエーションの「怪獣」は存在しえるのかも。

いや、どんなバリエーションがあろうと、現実には存在しない。それが「怪獣」だ。それとも通報者の言う「カイジュウ」は、僕の思う「怪獣」ではないのだろうか。念のために確認する。

「怪獣……ですか」

『そう。怪獣。たぶん八〇メートルぐらいある……もっとかも』

八〇メートルというのは、体長だろうか、体高だろうか。いずれにせよ、「カイジュウ」は「怪獣」で間違いなさそうだ。

「落ち着いて、詳しくお話を聞かせていただけますか」

大きな深呼吸の気配を挟み、通報者が話し始める。

『怪獣がいた。種類まではわからないけど、たぶん、あれはボズラ。ボズラが口から火炎放射しながら歩いてる。お城に閉じ込められた女の子が危ない。火炎放射で焼け死ぬ。早く助けてあげて欲しい』

話し声の印象だと、通報者は子どもではない。おそらく成人男性。二十代から三十代くらいだろうかと、あたりをつける。

「ボズラって」とあきれたように呟《つぶや》いたのは、指令台の向こうから覗《のぞ》き込む和田さんだった。

「ご存じなのですか」

いぶき先輩が小声で訊《たず》ねる。

「むしろいぶきちゃん、知らないの？　昔っからたくさんのシリーズが作られた怪獣で、最近もリメイクされた〈シン・ボズラ〉っていう映画が大ヒットしたよ」

「怪獣映画は観ないので」

「ほかの映画は観るの？」

「コメディー映画なら」

「意外」

そう言ってこちらを向いた和田さんの顔に「いまの情報、参考にしろよ」と書いてあった。映画に誘うなんてハードル高いな。

そんなことより。

一一〇番受理台に三台並んだディスプレイは左から指示指揮端末画面、緊急配備指揮端末画面、カーロケータ兼地図システム端末画面。僕はそのうち、右のディスプレイに視線を移した。そこには拡大表示された地図上に、赤い丸が表示されている。通報者の発信地点だ。ＧＰＳ機能付き端末からの通報であれば、受信した時点で即、発信地点が特定できるようになっている。

発信地点はここから一〇キロほど離れた市の外れあたりか。高速道路のインターチェンジが近くにある。

「女の子が危ない？」

『そそ、そうです』

「火炎放射で？」

『そうだってば！』

声を荒らげられた。

どうして話が伝わらないんだと、苛立《いらだ》った感じだ。

最初はいたずら電話を疑った。けれど必死な声音は、とても演技には思えない。かといって、通報の内容を鵜《う》呑《の》みにもできない。なにしろ怪獣だ。かりにだが——実際にはそんなことはありえないと思うが——本当に巨大な怪獣が街で暴れているのなら、警察への通報はこの一件では収まらない。間違いなく回線がパンクする。

そもそも怪獣を相手にするならば、警察より自衛隊だと思うけど。

ともあれ、ただのいたずら電話ではなさそうだ。僕は通報者と話しながら、どういうことなのか懸命に考える。

そしてある結論に辿《たど》り着いた。

細谷さん、和田さん、いぶき先輩を順に見る。

三人とも同意見らしく、それぞれ頷《うなず》きが返ってきた。

さて、会話が噛《か》み合わない原因は推測できた。問題は、通報者がなにを伝えようとしていたのか、だ。実際には差し迫った危機が存在しないのであれば、それでかまわない。だが少なくとも通報者は、懸命になにかを伝えようとしている。

最寄りの所轄から警察官を向かわせてみるか。状況はよくわからないが、発信地点ははっきりしている。まずはパトカー一台。警察官に肉眼で状況確認を行わせ、人員が足りないような問題が起こっていれば、現場から応援要請してもらえばいい。そうしよう。

事案端末の画面上でタッチペンを動かそうとしたときだった。

「えっ？」思わず声が漏れる。

発信地点を示す赤い丸が動き始めている。しかも尋常でない速度で。

地図システム端末画面を拡大してみて、その理由はすぐに判明した。

「電車に乗っているんですか」

『電車に乗ってる。環状線内回り。E四〇〇系』

「怪獣は電車の中に？」

『違う。ボズラはそんなに小さくない』

「じゃあ、女の子が電車の中に？」

『女の子はお城の中！　さっき言った！』

怒られてしまった。

通報者は電車で移動中のため、警察官をどこに向かわせればいいのかわからない。そして通報者によれば、怪獣もお城も女の子も電車の中にはいない。

これじゃもう、お手上げじゃないか。

頭を抱え、同時にいぶき先輩のほうを見ていた。

情けないことに、僕ではいたずらに時間を浪費するばかりだ。女の子が本当に危険な状況に置かれているのであれば、いつまでも推理ごっこに興じる余裕はない。いぶき先輩にバトンタッチするべきだ。

当のいぶき先輩はじっと一点を見つめ、考えごとをしているようだった。〈万里眼〉の脳内でどんな推理が巡らされているのか、どれほどめまぐるしく回転しているのかは、凡人の僕には想像も及ばない。

ふいに、いぶき先輩がなにかを思いついたような顔になった。僕にとっては、この上なく頼もしい表情だ。

いぶき先輩は和田さんのほうを見た。

「さっき入道雲がもくもくしていたと、おっしゃいましたよね」

「あ、ああ。それだけは嘘じゃない。大きな入道雲が出ていた」

それ以外には嘘があるような口ぶりだが、大きな謎を前にしたいまのいぶき先輩にはどうでもよさそうだ。

「怪獣というのは、入道雲のことではないでしょうか」

はっとした。

「そうかも。八〇メートルを超える物体なんて、怪獣でなくても実際に現れたら大騒動になります。その点、雲なら八〇メートルどころの話じゃない」

「雲が動物に見えたり、人の顔に見えたり、なんていう写真が、ときどきネットで話題になったりもするわね」

細谷さんも興奮気味だ。

するとスマートフォンを操作していた和田さんが、画面をこちらに向けた。

入道雲の写真が表示されている。巨大な怪獣が、口からなにかを吐き出しているようなかたちをしていた。

「ついさっき、SNSに投稿されたものだ。当たりだな」

「だとしたら、この写真が撮影された場所にパトカーを向かわせればいいんでしょうか」

僕は訊《き》いた。通報者はおそらく、電車の窓から怪獣のかたちをした入道雲を見た。同時になんらかの危機に瀕《ひん》した少女も見えたのだろう。そして、少し角度を変えればこの雲が怪獣に見えることはない。雲が怪獣に見えた場所を特定すれば、問題の発生している地点も判明するんじゃないか。

だが和田さんは渋い顔でかぶりを振った。

「さすがに範囲が広すぎる。この写真が撮影されたのは、お隣のX県だ」

僕はがっくりと肩を落とした。X県とはZ県の南西と県境を接するお隣の県だが、うちの市からだと三〇キロ近く離れている。

「諦《あきら》めるのはまだ早いんじゃない？　だって、通報者が電車の窓からなにかを見たのは間違いないんだから」

細谷さんは励ます口調だ。

そうだ。雲が怪獣に見えたように、沿線にある別のなにかがお城や女の子に見えた、という可能性はないだろうか。

「あっ……！」

いぶき先輩が弾《はじ》かれたように顔を上げた。

なにごとかと見つめ合うほかの三人をよそに、先輩が自分の指令台を操作し、僕の地図システム端末画面を共有する。いま、先輩の指令台のディスプレイには僕のと同じ地図が表示されている。

僕は地図システム端末画面で、いぶき先輩の操作をモニタリングした。

先輩はまず地図を縮小し、広域を表示させる。

「SNSに投稿された怪獣雲が撮影された場所は」

「投稿の位置情報ではX県だけど」

和田さんがスマートフォンを確認しながら言う。

「X県のどのあたりか、もっと詳しくわかりませんか」

いぶき先輩の要請を受け、和田さんが液晶画面を凝視した。

「仏具店の看板が見える。あと国道の表示もあるな」

「見せてもらっていいですか」

僕は立ち上がり、和田さんのスマートフォンを覗《のぞ》き込んだ。たしかに仏具店の看板と国道の表示板が写り込んでいる。国道沿いの歩道から、仏具店の看板の方向にレンズを向けたようだ。

「撮影地点はここじゃないかしら」

細谷さんは自分の指令台の地図システム端末画面に、X県の地図を開いていた。

僕は和田さんからスマートフォンを受け取り、細谷さんの開いた地図と照合した。

「おそらく……いや、間違いありません。撮影地点はX県A市の国道沿いです」

いぶき先輩が広域地図をスクロールさせ、X県の該当箇所にピンを置いてマーキングする。そこから仏具店の方角に、マウスで真っ直ぐな線を描いた。

そういうことか。

怪獣雲は撮影地点から仏具店の方角に存在していた。そして入道雲の重なり具合でたまたまそう見えただけで、少し角度を変えただけでもそれはおそらく、怪獣に見えなくなる。

つまり怪獣雲は、写真の撮影地点から仏具店に引かれた一本の線を、我がZ県のほうにひたすら延長した直線上に存在している。そしてその直線が環状線の線路と交わる地点が、通報者が怪獣雲を目撃した場所だ。おそらくその近辺に、お城に女の子が囚《とら》われていて、火炎放射で焼け死にそうだと通報者に思わせたなにかがある。

ディスプレイの広域地図には、長い一本の線が引かれていた。僕の指令台の地図システム端末画面だが、操作しているのはいぶき先輩だ。手を触れていないのに画面がスクロールされていく様子を見ていると、知能を持ったコンピューターが勝手に調べ物をしているような錯覚に陥る。

広域地図が拡大される。

中心にあるのは、X県から引かれた直線と環状線の線路が交わる場所だ。それほど建物が密集している地域ではない。市の中心部から離れた、ロードサイドに大型店舗が建ち並んでいるような郊外。

大型店舗をお城だと思ったのだろうか。家電量販店、ホームセンター、輸入家具店、ボーリング場やカラオケが一緒になった遊興施設。たしかにあのあたりにある建物は、ぜんぶ大きい。お城といえばお城だ。

ふいに、スクロールが止まった。

ディスプレイの中心には、長方形の中に施設名が表示されている。

「あっ」

僕が声を上げると同時に、細谷さんが両手で自分の口を覆った。

なにが起こったのかわかった。

たしかにこれは一大事だ。一刻を争う。

いぶき先輩は操作パネルで所轄署に出動指令を出し、和田さんは「おれも現場行ってくるわ！」と指令室を飛び出していく。

ディスプレイに表示された地図上では、警察車両を表す四角が、いぶき先輩の指示した場所に向かって動き始める。

早く。一刻も早く。

地図システム端末画面を見つめながら、僕は祈るような気持ちになった。

5

「そろそろ出ないといけないんじゃないの」

西寺香里《にしでらかおり》は洗面台の鏡の前で、髪にドライヤーの風をあてながら言った。

返事はない。ドライヤーの電源を切ってキッチンを覗き込むと、息子の信《まこと》は料理にいっさい箸《はし》をつけていなかった。食卓につき、姿勢良く背筋をのばしたまま、目の前の料理を不思議そうに見つめている。

しまったと内心で頭を抱えながら、香里は言った。

「あのお茶碗《ちゃわん》、割れちゃったから」

新しい茶碗を買ってきておいたからねと話したが、それがお気に入りの茶碗の代わりとは思っていなかったようだ。

「これは列車じゃない」

信が茶碗の表面に描かれた、蔦《つた》のような模様を指差す。

「うん。列車じゃない」

たぶん指摘されるだろうと覚悟していたが、よく利用するスーパーには、列車が描かれた茶碗など置いてなかった。息子お気に入りの茶碗は、九州のローカル線の駅だけで買えるという限定グッズだった。「それしかなかったから、しばらくそれで我慢してくれる？」

「列車じゃない」

「わかってる。列車じゃない。列車の茶碗は割れちゃったから」

「列車じゃない」

「列車のやつは割れちゃったから、そのうち直してもらうから。それまでそのお茶碗で我慢してくれない」

「列車じゃない」

「ないものはしょうがないでしょう」

つい語気を強めてしまった。

息子はおもむろに立ち上がり、食器棚に向かう。そして別の丼《どんぶり》を取り出し、茶碗から白飯を移し始めた。

「好きにしなさい」

香里は吐き捨てるように言って、洗面所に戻った。

慌ただしく身支度を続けながら、自己嫌悪が湧き上がってくる。

自分も仕事に出かける準備をしていて余裕がない中とはいえ、冷たい言動をとってしまった。こだわりの強さは自閉スペクトラム症の特徴であり、息子が悪いわけではないというのに。

一人息子が自閉スペクトラム症であり、知的障害があると診断されたのは、彼が小学校一年生のときだった。それまでにも違和感を覚えることはあったが、個性や個人差だと受け止めていた。後になって考えてみると、自分の息子には障害がないと思い込みたかっただけなのかもしれない。だが小学校に入って集団生活を送るようになると、違和感に蓋《ふた》をし続けるのは無理だった。

夫とは、信が二歳のころに離婚した。泣く子をあやすこともせず、聞こえよがしに舌打ちをするような男に未練はなかった。幸いにして、香里には看護師の資格がある。一人で息子を育てていこうと決意した。

生活はけっして楽ではない。成人した息子は週に四日、福祉作業所でパン製造の仕事に携わるようになったが、自立できるほどの収入はない。いつかこの子を独りにしてしまう日が来るのかもしれないと想像すると暗澹《あんたん》たる気分になるし、独りにさせてしまうぐらいなら、いっそ一緒に死んだほうがいいのかもしれないと考えたことすらある。

ドライヤーの送風音で、ドアチャイムが聞こえなかった。来客に気づいたのは、息子の足音が、キッチンから出てきたからだった。

「誰か来たの」

洗面所を出て息子を追う。

息子はドアスコープから外を見た後で、大声で来客に問いかけた。

「誰ですか」

「こんにちは。Z県警の和田といいます」

警察と聞いただけで、なにも悪いことをしていないのに胃が持ち上がる。いったいなんの用だろう。

「私が出る」

早足で廊下を歩いて玄関におり、錠を外して扉を開いた。

「どうも、こんにちは。Z県警本部捜査一課の和田といいます」

和田と名乗った男は、がっしりとしたスポーツマン体型だった。にかっと歯の白さを誇示するような笑顔が人なつこくて、ほんの少し緊張がほぐれる。

「なにか……？」

和田は捜査一課と自己紹介していた。ドラマなどで見る捜査一課は、たしか殺人のような凶悪事件を捜査する部署ではなかったか。近隣でそんな物騒な事件が発生したのだろうか。

「きみが、西寺信くんかな？」

香里の肩越しに息子に声をかけられ、息が詰まった。

まさか信が、なにかの事件に関係している？

「そうです。西寺信です」

息子は表情を変えないまま、平坦《へいたん》な声音で自己紹介した。けっして機嫌が悪いわけではなく、自閉スペクトラム症特有の話し方だ。

「あの、うちの息子が、なにか……？」

そんなわけがないという気持ちと、もしかしたらという気持ちがせめぎ合う。普通とは少しだけ違うものの、心根はすごくやさしい子だ。それは香里がいちばんよくわかっている。けれど他人とのコミュニケーションが苦手でトラブルに発展することも少なくないし、最近は少なくなったが、物事へのこだわりが強すぎるせいで癇癪《かんしゃく》を起こすことも、過去にはあった。

だが、和田は意外なことを口にした。

「昨日、信くんから一一〇番通報がありまして……」

「えっ？」

香里は息子を見た。

「お母さんには、話していないのかな？」と苦笑いを浮かべ、刑事は続ける。

「怪獣の火炎放射で、お城に閉じ込められた女の子が焼け死ぬかもしれないから、助けて欲しいという内容でした」

「申し訳ありません」

和田が話を終える前に、深々と頭を下げていた。

「いや。あの、お母さん――」

「うちの子は自閉スペクトラム症で知的障害がありまして、そのせいで他人様《ひとさま》に誤解されたり、ご迷惑をおかけしたりしてしまうことも――」

「待ってください」と強い口調で遮られた。

「お母さんは誤解なさっています。私は息子さんを注意しにきたんじゃありません」

香里は頭を上げ、きょとんと目を瞬《しばた》かせた。

「逮捕しにきたわけでは……？」

「まさか。逆です。お礼を言いにうかがったんです」

「お礼？」

わけがわからない。怪獣が現れたなんていう通報をして、警察に礼を言われることがあるのだろうか。

和田が信に視線を向ける。

「最初は私たちも混乱しましたが、結果として、信くんのおかげで一人の女の子が救われました」

「無事だったの？」

信が顔だけを刑事のほうに向ける。

「ああ。無事だった。熱中症で救急搬送されたけど、今朝退院したよ」

「よかった」

抑揚のない棒読み口調なので他人にはわかりづらいだろうが、本当に喜んでいるのが、母である香里にはわかった。

「どういうことですか」

説明を求めると、和田はこちらに向き直った。

「怪獣というのは、入道雲がそういうかたちに見えていたんです。そしてお城はパチンコ店。郊外にあるお城のような外装のパチンコ店、ご存じありませんか。あそこです。女の子は、そのパチンコ店に駐車したワゴン車の中に取り残されていました」

刑事の話した概要はこうだ。

市内で弁当店を営む男が、二歳の娘を助手席に乗せて配達に出た。いつもは娘を同伴などしないが、その日はたまたま、妻のほうに用事があったようだ。

そして定刻より早く配達を終えた男は、パチンコ店に向かう。男にはパチンコに店の金を注ぎ込んだ前科があり、妻からパチンコ禁止を言い渡されていた。そのため配達中に密《ひそ》かにパチンコ店に立ち寄ることがあった。

千円ぶん——それだけ打ったら、さっさと帰るつもりだったんです。男は駆けつけた消防隊にそう語ったらしい。だがギャンブル好きが自制できるわけはないし、時間がないときに限って、当たりを引いて席を立てなくなるものだ。男は思いがけない大当たりを引いてしまい、車で待たせている娘のことなどすっかり忘れてしまった。

「それで信が、一一〇番を……？」

「そうです。信くんは環状線の車内から、パチンコ店に駐車したワゴン車の助手席に、女の子が取り残されているのを見た。この猛暑ですから、冷房の効いていない車内なら三十分でも危ない。実際、救急搬送先のお医者さんによれば、あと少し発見が遅れていれば生命に危険が及んだ可能性が高かったそうです」

「そう……なんですか」

息子が人助け……。

なにをするにも助けが必要な子だと決めつけていた香里にとって、信じられない話だった。喜ぶべきなのだろうが、あまりに実感が薄い。

いまだって、お気に入りの茶碗《ちゃわん》がないせいでご飯すら食べられないでいたのに。

香里はまじまじと息子を見た。

いつもと変わらない、茫洋《ぼうよう》としたたたずまいの息子。

いつまでも自立できない、誰かの庇護《ひご》を必要とするはずだった息子。

「本当に？」

疑念に語尾が持ち上がる。

「それで、ですね」と、和田が切り出した。

「警察と消防のほうから、信くんに感謝状を贈りたいという話が出ていまして……表彰をお受けいただけますでしょうか」

香里は息を呑《の》んだまま絶句した。

うちの子が表彰されるなんて。
しかも警察と消防から。
これまで息子と二人で歩んできた日々が脳裏をよぎる。
気づけば涙がこぼれていた。
もちろん、うれし涙だった。

CASE2　ママ友大戦争

1

昼食から戻った僕は、見慣れない光景に眉《まゆ》をひそめた。

知らない男性が、僕の定位置である五番台の席に座っている。スーツ姿なので最初は和田さんかと思ったが、別人だ。もっと粗野で剣呑《けんのん》な空気を振りまいている。髪の毛をべったりとした整髪料でオールバックに撫《な》でつけ、椅子の背もたれにふんぞり返るようにして、我が物顔で脚を組んでいた。

警戒しながらゆっくり近づいていくと、男がふいにこちらを睨《にら》んだ。思わず背筋が伸びてしまうような、鋭い目つきだ。

「やっと戻ってきたか」

「だだ、誰ですか」

僕が見ているのは男ではなく、その隣の席のいぶき先輩だった。やさぐれた雰囲気の男が怖くて目を合わせられないというのもあるけど、男がしきりに、いぶき先輩に話しかけていたように見えたのだ。

「知りません。私に訊《き》かないでください」

いぶき先輩の言葉に、男が不服そうに鼻を鳴らす。

「おいおい、つれないな。おれとおまえの仲じゃないか」

なぬ？

聞き捨てならない発言だ。

いぶき先輩は心底嫌そうな顔で男を見た。

「そういう誤解を招くような言い方、やめていただけませんか」

「誤解じゃないだろ。ひとつ屋根の下で過ごした関係じゃないか」

「それが誤解を招く言い方だと、申し上げているのです」

へっへっへっ、という男の笑い声は、話し声に比べて甲高かった。

なんだこの二人は。どういう関係なんだ。

困惑する僕を、いぶき先輩が見上げた。

「ただの同期です」

「ああ」なるほど、同期か。それなら警察学校時代には、一つ屋根の下で過ごした関係といえる。

謎の男の素性は判明した。いぶき先輩の同期ということはすなわち、僕にとっての先輩にあたる。勝手に席を占領されて我が物顔をされたとしても、文句を言える立場ではない。

僕は姿勢を正し、自己紹介した。

「はじめまして。通信指令課の早乙女廉《れん》巡査です」

「知ってる」

思いがけない反応に面食らった。

男が肩をまわしながら立ち上がる。

「三課の御厨忠《みくりやただし》」

「三課」といえば、窃盗事件の捜査を担当する部署だ。通信指令課になんの用だろう。

御厨さんが右手を差し出してくる。わけもわからないまま握り返した。ものすごい力だ。痛い。思わず声を上げそうになる。

解放されても右手に血流が戻るのに時間がかかるほどだった。

「よろしくな。早乙女」

この人はいったい、なにが目的なのだろう。和田さんみたいに通信指令室に入り浸るつもりだろうか。和田さんなら歓迎だけど、この人はちょっと嫌だな。訂正。すごく嫌だな。まだ会ったばかりなのでよく知らないけど、生理的に苦手なタイプだと直感が告げている。

「あの……いいですか」

僕は自分の席を目で示した。席を占領されたままでは仕事にならない。

「ああ。悪いな」

御厨さんは一歩横に移動し、席を空けてくれた。

だが動いたのは一歩だけだった。

僕の隣に立ち尽くしている。

気にしないように仕事をしようとも思ったが、さすがに無理だ。距離が近すぎる。

「あの……」

「なんだ」

呼びかけに応じるだけなのに、いちいち威圧的だ。

「僕になにか？」

てっきりいぶき先輩に会いに来たのかと思っていたが、そんな雰囲気でもない。いぶき先輩はこちらを気にかける素振りもないし、御厨さんは御厨さんで、ほとんど僕に寄り添うように立っている。

「実はそうなんだ」

御厨さんはにやりと笑い、腰を屈《かが》めて僕の肩に手を回した。

そして小声で言う。

「〈万里眼〉」

ぎくりとした。

伝説の通信員〈万里眼〉の噂については、県警内で知らない者はいない。だがその正体まで知る者はごくわずかだ。

僕はいぶき先輩のほうをちらりと見た。彼女はさも関心なさそうに、クロスワードパズルの雑誌を開いている。

「いちおう、そのことにかんしては……」

昼の前で人差し指を立てた。

御厨さんがしたり顔で頷《うなず》く。

「わかってる。早乙女が〈万里眼〉ってことは、誰にも言わない」

「は？」

思いがけず大きな声が出た。

「おまえだよな、〈万里眼〉の正体は」

「えっと。いや……」

どう答えるべきだろう。ここで否定すると、それなら本物の〈万里眼〉は誰だという話になるし、だからって僕自身が〈万里眼〉のふりをするのも気が引ける。

肯定も否定もしないうちに、御厨さんは勝手に話を進めた。

「実は、〈万里眼〉先生に折り入って頼みがあってさ。このところ相次いでいる自動車窃盗事件のことは、もちろん知ってるよな」

「ええ」

すべての一一〇番通報はここ通信指令課に集約されるから、覚知はしている。白昼堂々、高級車が盗まれるという事件が相次いでいた。数人の窃盗グループによる組織的な犯行とみられているらしい。

「おれ、あのヤマの担当なんだ」

「そうなんですか」

「協力してくれよ」

「協力……ですか。どうやって」

「これだよ」と御厨さんが指差したのは、指令台の操作パネルにある『三者』ボタンだった。

「このボタンを押したら、ほかの指令課員が対応中の通報者との会話に介入できるんだろう」

「……はい」

できるけど、僕自身はほとんど使ったことがない。

「だから、自動車が盗まれた……っていう通報があったら、おまえに介入して欲しいんだよ」

「え」と、硬い声を出した瞬間、御厨さんが眉を吊り上げた。

「なんだよ。嫌だって言うのかよ」

「そういうわけじゃ」

「なら頼むよ」

今度は合掌して懇願口調になる。この人の情緒はどうなっているんだ。

「捜査がこんだけ難航して解決の糸口すら見えないってのは、たぶん通報をほかの指令課員が受けちゃってるせいだと思うんだ。だって〈万里眼〉が通報を受けてたら、速攻で犯人がわかるだろう」

そんなわけがない。いぶき先輩だって万能じゃない。電話だけでは解決できない性質の事件だってあるし、そもそも自動車窃盗事件の捜査は三課の仕事だ。通信指令課に責任転嫁するような物言いは、どうかと思う。

だが相手は先輩、しかも強面《こわもて》。僕には唇を曲げるしかできない。もちろんその程度では抗議の意志が伝わるわけもなく、御厨さんは顔を寄せてきた。

「おまえしか頼りにならない。ほかの連中なんて、電話受けて所轄に指令を出すだけだ。そんなの誰だってできる。伝書鳩じゃないか」

「そんなことありませんよ」

少しむっとした。動揺した通報者を落ち着かせ、必要な情報を聞き出すのは、そんなに簡単なことじゃない。初動捜査の鍵《かぎ》を握る、とても重要な仕事だ。みんなこの仕事に誇りを持って、一生懸命取り組んでいる。

しかし僕なりに勇気を振り絞った言葉も、「んなことある」と一蹴《いっしゅう》された。

御厨さんが指令室内を見回す。

「どいつもこいつものほほんと平和ボケしたようなツラしてやがる。そこには仕事中にクロスワードパズル解いてるような、顔採用の女性警察官もいるしな」

明らかに聞こえているはずなのに、いぶき先輩はこちらを一顧だにしない。

なので僕が反論した。

「いぶき先輩は顔採用じゃありません」

顔立ちが綺麗《きれい》なのはその通りでも、仕事の能力だって恐ろしく高い。

なにせ彼女こそが、本物の〈万里眼〉なのだから——。

御厨さんから怪訝《けげん》そうに眉《まゆ》を歪《ゆが》められ、僕は縮み上がった。

「顔だろ」

「ち、違います」

「顔以外、どこに良いとこがあるっていうんだよ」

「それは……」

たくさんある。でも上手《うま》く言語化できない。

ははあんと、御厨さんが訳知り顔になった。

「おまえ、こいつに惚《ほ》れてんのか」

「そんなんじゃないです」

かぶりを振ると、鼻で笑われた。

「言っておくが、おまえの手に負えるタマじゃないぞ」

御厨さんのこの自信はなんだろう。本当にたんなる同期なのだろうか。

「どうでもいいけどな、悪人さえとっ捕まえられれば」

御厨さんは僕の肩をポンポンと叩《たた》いた。

「とにかく頼むよ。なんかわかったらすぐさま三課の御厨に伝えてくれ。必ずおれを名指ししろよ」

「はあ」

僕が窃盗事件について、なにかヒントをつかむことなんかないと思うけど。

「たまに様子見に来るわ」

それは勘弁して欲しい。

御厨さんの背中が遠ざかる。管理官が御厨さんに歩み寄り、「〈雪の宿〉、食べる？」と、個装されたお煎餅《せんべい》を差し出した。

この人、誰にでもお菓子をあげるんだな。

「っす」と軽く首を折って〈雪の宿〉を受け取った御厨さんは、歩きながらビニールを破り、バリバリと咀嚼《そしやく》音を響かせながら、通信指令室を出て行った。

「なんなんですかね、あれ」

いぶき先輩に言ったつもりだったのだが、反応がない。

左を見ると、クロスワードパズルの雑誌を開いたままだった。忙しくて相手をする余裕がないわけではなさそうだ。聞こえなかったのだろうか。

「昔からあんな感じなんですか」

ようやくいぶき先輩が顔を上げた。

「なにがでしょう。なんのことをおっしゃっているのか、わかりかねます」

気のせいかもしれないけど、口調がやたら刺々《とげとげ》しい。

「めちゃくちゃ居丈高だし、人の話聞かないじゃないですか。あれじゃあ、一緒に仕事する人は大変だろうなあ」

「さあ。私には関係ありませんので」

気のせいではなさそうだ。

「どうかしました？」

「どうって？」

「いや。なんだか――」

怒ってますよね――とは言えない。機嫌を損ねている人に機嫌を損ねていますよねと指摘しても、火に油を注ぐだけだ。

「では私はお昼休みに行ってきます」

いぶき先輩はそそくさと席を離れ、同僚たちに「休憩いただきます」と、僕に見せた冷たい態度とは対照的な笑顔で会釈しながら、通信指令室を出て行った。

僕はしばらく呆気《あっけ》にとられていた。

すると、細谷さんが口に手を添え、小声で言う。

「そんなんじゃないです」

数秒の考える間を置いて気づいた。

そんなんじゃないです。

言った。たしかに言った。あれがまずかったのか。

じゃあ、なんて答えるのが正解だったんだよ。

2

「そりゃ早乙女くんが悪いよ」

和田さんから当然のような口ぶりで指摘され、「どうしてですか」と、僕は唇を尖《とが》らせた。

「あの状況で『はい。そうです』って認めるのも、なんか変じゃありません？」

僕はいぶき先輩のことが好きだ。最初はそれがどんな感情なのか、自分でも気づかなかった。仕事のできる先輩への敬意かもしれないし、気の置けない友人にたいする親愛の情かもしれないと考えていた。でもいまは違う。恋愛感情をはっきり自覚している。けれどいまだ、いぶき先輩に気持ちを伝えることはできていない。それなのにあんなパワハラセクハラ気質丸出しの初対面の先輩刑事を前にした状況で愛の告白なんて、ムードもへったくれもあったものじゃない。僕なりに気持ちの整理が必要だし、告白に相応《ふさわ》しい演出なんかもあれやこれや考えてはいる。あくまで考えているだけで、計画を実行に移す予定はないけれど。

「早乙女くんの言いたいこともわかるけど、そういうなにげない状況で飛び出した言葉こそ、本心だという解釈もできるよね。だからきっと、無関心を装いながらも、耳をダンボにして聞いてたんだと思うよ、いぶきちゃんは」

和田さんが自分の耳の後ろに手を添え、聞き耳を立てるしぐさをする。

たしかに。なにげないときに発した言葉こそ本心。

和田さんの意見には深く頷《うなず》かされたものの、それならどうするべきだったのか。

「僕はあのとき、どう反応するのが正解だったんでしょうか」

「そうだな」と和田さんは腕組みで虚空を見上げた。

僕もつられて視線を上げる。

その瞬間、和田さんが素早く動き、僕のカツカレーの皿からカツをひと切れ盗み食いした。

「あっ。なにするんですか」

「会話も食事も気を抜くなってことさ」

まったく悪びれる様子もなく言い放ちながら、紙ナプキンで指先についたカレーを拭《ぬぐ》う。

「警察官なのに、盗みを正当化するような屁理屈《へりくつ》をこねるのはどうかと思いますけど」

僕と和田さんは、食堂でテーブルを挟んで向き合っていた。これぐらいの時間だとちょっと前までは窓の外が明るかったのに、いまはすっかり日が暮れて暗くなっている。だんだん日が短くなって、あっという間にクリスマスを迎えるんだろうな。

クリスマス、今年も一人かな。

「おれが早乙女くんの立場だったら、濁すかな」

和田さんがさりげなくもう一切れカツを盗み食いする。食事を守るより、和田さんの発言の意味が気になった。

「どういうことですか」

するど和田さんは、強《こわ》ばった笑みを浮かべて「いやー、どうですかねえ」と顔を左右にかたむけた。

「こういうこと」

いまの振る舞いが和田さんの正解だったらしい。

「はっきり答えずになんとなくやり過ごす。はい、とも、いいえ、とも答えない。そういう反応だったら、いぶきちゃんだって腹を立てることはなかったと思うな。早乙女くんが仕事中に告白なんかできるわけないっていうのは、彼女だって当然わかってるんだから」

なるほど。〈濁す〉か。

僕は腕組みをして唸《うな》ってしまった。

「自分にはできないなあ……って？」

和田さんがにんまりと頬を持ち上げた。

僕にはときどき、この人が超能力者のように思える。きっと女性にもモテるんだろう。僕自身、自分が女性だったら好きになってしまうと思うもの。

モテるといえば。

「ミキさんとは、その後どうなんですか」

意表を突かれたという感じに、和田さんが眉《まゆ》を持ち上げた。

「唐突だね」

「早乙女くんは連絡とってないの」

「たまにメッセージのやりとりするぐらいです」

以前はもっと頻繁に連絡を取り合っていたし、二人で食事したりもした。けれど和田さんへの気持ちを知ってしまったら、ミキさんに連絡をするのはやはり気が引ける。もちろん、和田さんがそんなことを気にする人じゃないのは、重々承知しているけれど。

「おれのほうもまあ、ぼちぼちかな」

そこまで言って、和田さんがにやりと笑った。「……とまあ、これが〈濁す〉ってこと。ぼちぼちって、どういうことだって話だよね。答えているようで、なに一つ具体的に答えていない」

自分に的確なツッコミを入れたくせに、ミキさんとの関係についてそれ以上話すつもりもないらしい。

「御厨にも困ったものだよね」

話題を逸《そ》らされた。

なるほど。これが〈濁す〉ってことか。

ひそかに感心しながら、僕は言った。

「御厨さんを知ってるんですか」

「よく知ってるわけじゃない。顔見知り程度。扱いにくい生意気なやつだっていう噂は聞いてたけど、まさか通信指令室にまで乗り込んでくるとはね」

「それ、和田さんが言います？」

「わかってる。おれに御厨を責める資格はない」

和田さんが両手を上げた。

本当は僕もわかっている。通信指令室のみんなに愛され、もはや景色の一部のように自然に溶け込んでいる和田さんと、明らかな異物としての存在感を放ちまくりの御厨さんとでは、決定的に違う。

「それにしても、早乙女くんを〈万里眼〉と思い込むとは傑作だな。本物はすぐ隣にいるっていうのに。そういう意味では、惜しいと言えるかもね」

「いぶき先輩のためには、むしろよかったのかもしれません。同期とはいえ、御厨さんのことをよく思っていないようでしたし」

「そうだね。御厨は〈万里眼〉の推理力をあてにしている。正体がバレたら、いぶきちゃんがあいつにつきまとわれることになる」

食事を終えた僕らは、通信指令室に戻った。

室内に入ると、利根山管理官が歩み寄ってくる。

「〈ハッピーターン〉、食べる？」

手にしたビニール袋から、お菓子を差し出してきた。

「ありがとうございます」

今日は平和そうだと、和田さんと頷き合う。

つねにニコニコしながら部下にお菓子を配り歩いている管理官には、通信指令課内でまことしやかに囁《ささや》かれるジンクスというか、都市伝説のようなものがある。いつも〈ソフトサラダ〉や〈雪の宿〉、いま僕がいただいた〈ハッピーターン〉などの、渋めのお菓子を配っている管理官が洒落《しゃれ》た洋菓子を配ったら、重大な事件が起こるというものだ。

たんなる偶然かもしれない。実際に偶然だろう。僕も通信指令課に配属された当初は、この課はオカルト好きの集まりなのかと内心引いた。けれど偶然も重なり続ければ必然になる。

いまでは僕も、管理官の配るお菓子で今日一日を占うようになった。

オカルトといえばなにを隠そう僕の座席の位置も、非科学的な根拠のせいだ。

指令課配属当初から、僕は奇妙な内容の通報ばかり受けていた。たとえば家が盗まれたとか、宇宙人にさらわれたとか、先日の怪獣が暴れているというのもそうだ。あまりにわけのわからない内容ばかりで、おかしくなりそうだった。ただ一一〇番通報を受理して所轄署に出動指令を出すばかりの機械的な作業だと、少しばかりこの仕事を舐《な》めていた己を恥じた。実際にやってみると、通信員はおそろしく大変な仕事だった。

ところがほかの通信員は、僕ほど不可解な通報を受けることは稀《まれ》だった。奇妙な通報を受けるのは僕だけだったのだ。

僕は異常なほど〈引き〉の強い職員として、課内でも認識されるようになった。その僕の〈引き〉の強さに目を付けたのが、〈万里眼〉の異名をとるいぶき先輩だった。三度の飯より謎解きが好きないぶき先輩にとって、僕はいわば魅力的な謎を引き寄せるための撒《ま》き餌《え》だったのだ。

そういうわけで、いぶき先輩の隣に移動させられたのだった。

いぶき先輩の隣になって、二年近く。

ただの撒き餌ポジションから脱却すべく僕なりに頑張ってきたけれど、頑張れば頑張るほど、〈万里眼〉の偉大さを思い知らされる。いぶき先輩は本当にすごい人だ。

いぶき先輩の横顔を眺めながら、僕は五番台の椅子を引いた。

「今日は〈ハッピーターン〉でしたね」

先ほどまでの気まずい空気などなかったかのように、軽い口調を意識する。

いぶき先輩に話しかけたのに、反応したのは細谷さんだった。

「本当に。おかげで安心して迷惑通報に対応できるわね」

明らかに緊急性のない通報者の相手をしていると、この通話で回線を一つ塞《ふさ》いでいるせいで、本当に助けが必要な人からの通報がつながらないのではないかと不安になる。それが管理官のお菓子占いのおかげで、少なくとも死人が出るような重大事件にはつながらないと、少しだけ心が軽くなる。リーダーシップや威厳とは無縁だけど、そうやって部下を安心させられる管理官って、なにげにかなり偉大なのかもしれない。

もっとも、管理官自身は部下を安心させるためにお菓子を配っているわけではないのだろうけど。

ともあれ今日は安心だ。

殺人だとか放火だとか、物騒な事件は起こらない。

警告灯が緑に光る。

さて、どんな迷惑通報かな。

僕は軽い気持ちで『受信』ボタンを押した。

「Z県警一一〇番です。事件ですか。事故ですか」

『事件です！　放火されました！』

おいおい、早速ジンクス崩壊か？

3

「放火、ですか」

僕は椅子に座り直しながら、事案端末にタッチペンをかまえた。

横目で地図システム端末画面を確認する。

発信地点はA市の住宅街。緩やかな丘陵に新しい家が建ち並ぶ、比較的裕福な層が住むエリアのはずだ。

『そうです！　犯人を捕まえて！』

通報者は女性。興奮で声がうわずり気味なのでわかりづらいが、印象としては二十代から三十代ぐらいか。

「どこが燃えているんですか」

『ガレージの！　子どもが作った夏休みの工作が！』

「わかりました。消防には？」

『通報してない！』

「わかりました。こちらで消防に通報しますね」

事案端末に『ガレージ火災　消防にTEL』と記入する。端末に入力した内容は、指令室内の職員全員がリアルタイムで共有できるようになっている。僕の書き込みを見た後列の無線指令台から、消防のほうに出動要請が行くはずだ。

『火はもう消えたの』

「そうなんですか」

『私が消火器で消した』

小火《ぼや》程度か。消防に鎮火確認をしてもらう必要はあるけど、すでに消し止めてあるなら少し安心だ。

「それはよかったです。ただ完全に鎮火したかどうか確認するまで安心はできないので、念のために消防に向かってもらいますね」

『わかった。それよりも早く犯人を逮捕して』

「わかりました。警察官を向かわせます」

僕がそう言ったときには、すでに地図システム端末画面上でパトカーを表す四角が動き出していた。たぶんいぶき先輩の指示だ。ちらりと左を見る。『三者』ボタンで介入したくて、うずうずしているのだろうか。

「犯人を見たんですか」

通報者の口ぶりから、てっきり現行犯だと思っていた。ガレージに侵入した犯人が火を点《つ》けるところを見たのだと。

だが、違うようだ。

『見てない。見てないけどわかってる。だから消防じゃなくて警察に電話したの。早く逮捕して』

一瞬、言葉が喉《のど》に詰まった。

犯人が火を点けるところは見ていない。

でも犯人の見当はついている。

どういうことだ。もともとなんらかのトラブルを抱えていたのだろうか？

「え、と。逮捕するためには、きちんと調べないと……」

『調べなくてもわかってるの！　あいつしかいない！』

「でも、ですね」

『まず逮捕して！　逮捕してから調べればいいじゃない！』

なんでこの人は犯行の瞬間を見てもいないのに、こんなに自信満々なんだ。

通報者の剣幕にたじたじになっていると、横から細い指がのびてきた。

綺麗《きれい》に手入れされた爪がつやつや光沢を放つ人差し指だ。

僕の目の前を横切り、指先が操作パネルの『三者』ボタンを押し込むところを見つめながら、助かったと安堵《あんど》した。

いぶき先輩がヘッドセットマイクの耳あての部分を押さえながら、通報者に語りかける。

「お電話かわりました。Z県警通信指令課の君野です」

その声を聞きながら、もはや事件は解決したも同然だと思った。

4

数秒の沈黙の後、怪訝《けげん》そうな通報者の声がした。

『どういうこと？　え？　子ども？』

いぶき先輩にとっては慣れた反応だ。

粛々と聴取を始める。

「子どもではありません。犯人逮捕のためには証拠が必要です。状況を聞かせていただけませんか」

『わ、わかった』

「犯人は見ていないとおっしゃいましたが」

『見てない。でもわかってる。ミツハシトモコ』

漢字では三橋智子と書くらしい。

通報者は日比野《ひびの》篤美《あつみ》と名乗った。地図システム端末画面で通報地点を示す赤い丸は、日比野という家の敷地内に存在しているので、偽名を疑う必要はなさそうだ。

「火災発見時の状況を教えていただけますか」

日比野篤美さんの説明はときどき話が飛んでわかりづらい部分もあったが、大筋をまとめると次のようになる。

日比野家は専業主婦の篤美さんのほか、会社員の夫・孝《たかし》さん、小学二年生の息子・大輝《だいき》くんの三人暮らし。ただしいま現在、夫は会社、息子は学習塾に行っているため、家には篤美さん一人だけのようだ。

スーパーでの買い物から帰宅した篤美さんは、台所で夕食の支度を始めていた。そのときどこかからガタンと物音が聞こえたので、不審に思い、家の中を見て回った。そしてガレージで火の手が上がっているのに気づいた。

燃えているのは、息子の大輝くんが夏休みの宿題として作った工作物らしい。夏休みの工作と聞いて小さなものをイメージしたが、高さ一三〇センチ近くもある大作だと知って驚いた。大輝くんの想像する架空の国のお城を具現化したミニチュア模型で、タイトルは〈夢の城〉。日曜大工が趣味のお父さんの手を借りてかなりしっかりした造りになったようで、数日後には県の企画展にも出品される予定だった。

そんなに評価されたのなら、お父さんの貢献度はいかほどか気になるところだけど、僕と同じように感じた同級生がいたようだ。あまりの出来の良さに、父親に手を貸してもらうのはずるいとクラスメイトから責められ、喧嘩《けんか》になったようだ。

その喧嘩の相手というのが、三橋玲人《れいと》くん。篤美さんが犯人だと名指しする、三橋智子さんの息子だ。もともと日比野大輝くんと三橋玲人くんは親友で、母親同士も親しかったのだが、息子の喧嘩が原因で関係が悪くなったらしい。人間関係というのは、つくづく難しい。

「だから三橋智子さんが犯人だと？」

『あの女に決まってる！　早く逮捕して！』

いぶき先輩が冷静だからこそ、通報者のヒステリックさが際立つ。

「動機はわかりました。現場の状況を教えてください。燃えたのは、大輝くんの作った工作物だけですか」

『そう！　ほかに古新聞とか、火が点けやすそうなものはあったのに、それしか燃えてない！　おかしいでしょう？』

だから篤美さんは犯人を決めつけたのか。

父親の手を借りて作った工作物が、県の企画展に出品されるのはおかしい。だから燃やしてしまえ。

「わかるようなわかんないような」

和田さんが腕組みをして顔をしかめる。

僕も同じ気持ちだった。篤美さんは元ママ友の三橋智子さんを疑っているが、いい年をした大人がそこまでするだろうか。ぜったいにない、とまでは言わない。信じられない動機で法を犯す犯罪者は、これまでにもたくさん見てきた。

でもそれが動機だとしても、子どもが犯人と考えたほうが納得できる。

つまり日比野大輝くんの工作物を父親の手を借りたズルだと糾弾した、三橋玲人くんだ。

僕は思わず目を閉じる。

篤美さんがどういう理由で、三橋智子さんのほうを疑っているのかは知らない。深い理由などなく、たんに子どもより母親のほうが憎いだけかもしれない。

だがこうは考えられないか。

子どもが犯罪者だとは、信じたくないから——。

僕だって信じたくないが、そう考えるほうが自然だ。

仲違《なかたが》いした友達の家のガレージに忍び込み、工作物に火を点けて立ち去る。軽い気持ちかもしれないし、義憤に駆られての行動かもしれないが、その代償はあまりに大きい。

この事件は、すごく後味の悪い結末を迎えるのかもしれない。

ところが、いぶき先輩の聴取によって少し風向きが変わってくる。

「ガレージの構造はどうなっているのですか」

『どうって、普通のガレージよ。ベンツが二台駐《と》まってて、空いたスペースにごちゃごちゃと物が置いてある』

ベンツが二台も駐められるガレージって「普通」なのだろうか。

そもそも「ベンツ」とメーカーまで申告する必要あるか？

ともかく、やはりこのあたりの家庭は裕福なんだなと、僕は三〇センチほど先の地図システム端末画面を遠い目で眺める。

「外部の人間が誰でもガレージに出入りできるのですか」

『そんなわけないじゃない。ベンツ二台よ。シャッターがおりているから普通は入れない。シャッターはリモコン式で、手では開かないようになってる』

「えっ？」と僕は思わず声を上げた。

顔を上げると、和田さんも不可解そうに首をひねっている。

「つまりガレージは密室状態だったと？」

質問するいぶき先輩の頬は、こころなしか赤くなっている。魅力的な謎の気配に興奮しているに違いない。

『密室とは言えない。外からは入れないけど、家からは自由に出入りできる構造だから』

僕は頭の中で、日比野邸の外観を想像する。家屋の一階をくりぬいたようなガレージなのだろう。ガレージの奥のほうに勝手口があり、雨の日でもいっさい濡《ぬ》れずに出入りできる。

きっとしがない地方公務員の給料では、一生かかっても手が届かないような豪邸だ。

「すると犯人は、家屋からガレージに侵入したと？」

『あの女ならホームパーティーでうちに来たことがあるから、ガレージの入り口がどこにあるかわかっている』

三橋智子さんを犯人と名指ししたのには、そういう理由もあるのか。

それにしてもホームパーティーに招待するほど仲が良かった相手を放火犯と思うほど関係が悪化したなんて、すごく悲しくなる。

「かわいさ余って憎さ百倍ってことかな。もともとの関係が近いほど、こじれたときの修復は難しくなるよね」

和田さんはあきれたような口調だ。

『うちの家に忍び込んだあの女がガレージに入って、大輝の工作に火を点《つ》けて逃げたの。知らない間にあいつがこの家を歩き回っていたなんて、考えただけでぞっとする』

本当に怯《おび》えているような、篤美さんの口調だった。彼女にとって、三橋智子さんの犯行は揺るぎようのない事実なのだろう。真相はまだわからないが、恐怖を感じている彼女の境遇には同情する。

「三橋さんはどこから忍び込んだのですか」

『そんなの知るわけがないじゃない』

「質問を変えますね。お宅から外部につながる扉や窓で、施錠されていないところはありますか」

『ない。防犯には日ごろから気をつけているから』

って断言しちゃったけど、だったら三橋さんが侵入したと決めつけることもできないのでは……。

「火の手に気づいた後で、玄関の鍵《かぎ》が開いていたなどは？」

『鍵はかかっていた』

発言の矛盾に気づいたのか、篤美さんが早口で弁解する。

『あの女、きっとうちの合い鍵を作っていたに違いないわ』

わざわざ合い鍵まで作って侵入して、やったことが子どもの工作物に火を点けただけなんて、さすがに苦しいんじゃないか。

もっとも、篤美さんが早くに気づいたから小火《ぼや》程度で済んだものの、燃え広がって大惨事になる可能性もあったのだけど。

それにしたって、見つかる危険を冒してまで家屋内を通過し、ガレージで子どもの工作物に火を点けるなんて、やっぱり腑《ふ》に落ちない。

「おかしいよな」と、和田さんも苦いものを嚙《か》んだような顔をしている。

「もっと簡単にガレージに出入りできる存在はいる」

「家族……ですよね」

僕も考えていた。家族の犯行と考えれば問題は単純だ。施錠された家屋にも、ガレージにも容易に侵入できる。というか住人である以上、侵入にもならない。妻ないし母親に気づかれないようにガレージに入り、火を点けるのは難しくない。

篤美さんがその可能性を無意識に排除してしまうのは、仕方がないけれど。

「でも旦那《だんな》さんは会社で、息子は学習塾なんだよな」

そうなのだ。もちろん、行ったふりをして実際にはお休みしているという可能性もあるが、そんな工作までする意図がわからないし、警察の捜査が入れば、遅かれ早かれ嘘はバレる。そもそも家族には犯行に及ぶ動機がない。

かといって篤美さんの名指しする三橋智子さんを犯人とするのにも、僕には抵抗がある。

ヘッドセットからかすかにサイレンの音が聞こえてきた。

消防のほうが先に到着するようだ。

真相究明は消防さんにお任せかな。

そう思ったとき、いぶき先輩が通報者に訊《き》いた。

「大輝くんの作った〈夢の城〉の素材は木ですね」

『それがどうしたの』

篤美さんはなぜそんなことを訊くのかと訝《いぶか》った様子だ。

〈夢の城〉は大輝くんが、日曜大工が趣味のお父さんの手を借りて完成させたものだ。あまりの完成度の高さに県の企画展に出品されることになったというから、お父さんの手を借りて、というより、ほとんどお父さんがメインで作ったのではないか。だとしたらメインの素材は木だろう。木材であれば火を点けたときに燃えやすい。

「表面は塗装もしてありますか」

『もちろん。仕上げがすごく大事だと、主人はいつも言ってるし』

この口ぶりだと、篤美さんも〈夢の城〉がほぼ夫の作品だと気づいているのではないか。

「塗料はなにを使いましたか」

『そんなの、私にはわからない』

「夫の孝さんが普段、日曜大工で使用している塗料だったのではありませんか」

『知らないって言ってるじゃない！　どうしてそんなことを訊くの！』

篤美さんは金切り声を上げたが、いぶき先輩に「大輝くんの将来のためです」と断言され、毒気を抜かれたようになった。

大輝くんの将来のため？　意味がわからない。

いぶき先輩が続ける。

「ガレージには塗料も保管されていますか」

『あると……思うけど』

「では塗料の缶を確認してもらえますか」

篤美さんは『なんで』と不服そうではあったが、「大輝くんの将来のため」という言葉が効いたのか、いぶき先輩の無言の圧力に屈するように動き出した。ガサゴソと音がする。

『これかしら』

塗料缶を見つけたらしい。

「成分表示を読み上げていただけますか」

『それがなにか関係――』

「あります」

一瞬の沈黙の後、渋々といった声が聞こえてくる。

『ニトロセルロース、合成樹脂（アルキド樹脂）、顔料――』

「わかりました」

僕は和田さんと互いの顔を見合わせる。

いぶき先輩は言った。

「この火災は、放火ではありません」

5

扉を開き、大輝が玄関に入ってくる。

いつもなら元気に「ただいま！」と言うところだが、外に停まった消防車が目についたのだろう。しきりに外を気にして、どこか不安そうだった。

「おかえりなさい」

日比野篤美はリビングから顔を出し、息子を迎えた。いつも通りを心がけたが、上手《うま》くできているかは自信がない。

「どうしたの」

そう訊いてくる息子の青白い顔を見て、篤美は内心で深い息をついた。

「ちょっといい？」

「なに？」

「ちょっと」

視線で促し、息子をリビングに誘導する。

「手を洗ってから」

これから起こることを予期しているかのように、少し怯えた声だった。

手を洗った大輝が、リビングに入ってくる。

ソファーに座った篤美が自分の隣をとんとんと叩《たた》くと、大輝は素直に従った。緊張の面持ちで背筋をのばし、膝《ひざ》の上に手を置いている。

「なんの話か、わかる？」

ご機嫌をうかがうような上目遣いが、こちらを見る。

「外に消防車、停まってたでしょう」

大輝がこくりと頷《うなず》いた。

「火事になったの」

口を開きかけた息子を、軽く手を上げて制する。

「すぐに消したから大丈夫。燃えたのは〈夢の城〉だけだった。ちょっと壁が黒くなったりしたけど」

大輝が申し訳なさそうに目を伏せる。

君野という警察官の推理は、どうやら間違っていなかったようだ。

偶然でも事故でもない。息子は、自分の工作物が燃えるのを期待して〈夢の城〉にある仕掛けを施していた。

――この火災は、放火ではありません。

とても警察官、それどころか、成人女性とは思えない幼い声の持ち主は、そう言った。〈夢の城〉の塗装に使われた塗料には、自然発火の危険性があるらしい。成分表示に書かれていたアルキド樹脂に、そういった性質があるというのだ。

だとすれば、今回の火災に犯人はおらず、自然発火による事故なのか。だがそうとも言い切れないと、君野は言った。

――アルキド樹脂塗料は酸化……つまり空気に触れ続けることによって自然発火する可能性があるのは間違いありません。ただし、そう簡単に発火するわけでもないんです。

たしかに、放置しただけで自然に発火する塗料なんて、危険すぎて販売できない。

君野によれば、アルキド樹脂塗料が自然発火するのに重要な要素は〈酸素〉、〈温度〉、〈密度〉の三つらしい。

時間が経過して酸化が進み、高温に晒《さら》され、塗料の分子密度がぎゅっと詰まっていると自然発火するそうだ。

〈酸素〉と〈温度〉については篤美でもわかった。だが〈密度〉が理解できない。分子密度が高いとは、いったいどういう状態のことだ。

──塗料が工作物に塗り広げられた、いわゆる塗膜になっている場合には、熱がこもることがないため、高温化しません。つまり密度の低い状態です。だから普通に使っているぶんには、自然発火する可能性はまずありません。ではどういうときに危険なのかというと、たとえば塗料を拭《ふ》き取った布などを、ゴミ袋に詰めて保管している場合などです。布がくしゃくしゃに丸められていると、密度が高くなります。ここに酸化と高温が加わることで自然発火に至るのです。

工作物自体が自然に発火した可能性は低く、工作物の内部に、自然発火するような仕掛けが施されていたと考えられます、という君野の意見を聞いて、全体が真っ黒になった〈夢の城〉をよく観察してみた。焼けた木材の中に布片らしきものが落ちていた。

──DIYが趣味のお父さんと一緒に作業したのであれば、大輝くんは、お父さんからアルキド樹脂塗料の扱いの注意点を聞いていたと思われます。逆を言えば、どうすればアルキド樹脂塗料を自然発火させられるか、知っていた。

君野は「犯人捜しをするよりも、まずは息子さんとしっかり話してみるべきだと思います」と締めくくった。放火と決めつけて被害届を出せば、罰したくない相手を罰する結果につながるかもしれないと。

篤美は君野の忠告に心から感謝していた。三橋智子憎しの感情が先走り、すっかり冷静さを失っていた。誰かを責めたり攻撃したりすることばかり考えて、守るべき存在に意識が向いていなかった。

母親失格だった。

篤美はひそかに深呼吸して気持ちを鎮めてから、切り出した。

「大輝がやったのよね」

小さく息を吸う気配があった。

どう答えるべきか逡巡《しゅんじゅん》する間を挟み、息子が口を開く。

「どうしてわかったの」

消え入りそうな声だった。

息子の正直さに内心で胸をなで下ろしつつ、篤美は言った。

「警察の人が、そうじゃないか……って」

「僕、捕まるの？」

これほどまで大事になるとは考えていなかったのだろう。大輝は泣きそうな顔になった。

「捕まらない。大丈夫」

篤美は息子の手を握った。久しぶりに握った手は、思ったより厚みを増していた。

まだまだ子どもには違いないが、確実に成長している。

「ただ、どうしてあんなことをしたのか、話して欲しい。お父さんと二人で、一生懸命に作ってたじゃない」

自分は作業に加わっていないし、ずっと見ていたわけではないが、夏休みの間、ガレージから聞こえてくるのこぎりの音や、父子の会話を、篤美は微笑ましく聞いていた。

しばらく一点を見つめていた大輝が、弱々しい声を出す。

「でもあれは……ほとんどお父さんが作ったものだから。僕はこういうのが作りたいっていう絵を描いて、ちょっと作業を手伝っただけで、作ったのはお父さんだから。あれは僕の作品じゃない」

「だからって、燃やしてしまうことはなかったんじゃないの」

「だってこのままだと、県の企画展に出品されちゃうよ！　僕が作ったのじゃないのに、僕が作ったことになって！」

半分涙声の訴えだった。

言い終えると、大輝はぽろぽろと大粒の涙をこぼし始めた。

篤美は息子の頭を撫《な》でながら慰める。

「そんなに気にすることないと思うけどな。夏休みの宿題をお父さんお母さんに手伝ってもらうのなんて、大なり小なりみんなやってる。実際の作業をしたのはお父さんかもしれないけど、設計図は大輝が書いたんだし、作業も少しは手伝ったんでしょう」

ほかのクラスメイトは誰の手も借りていないと考えているのだろうか。子どもらしい純粋さは微笑ましいが、潔癖さが心配でもある。

大輝は目もとを手で覆いながら、いやいやをするようにかぶりを振った。

「でも玲人くんと仲直りしたかったから……県の企画展に出品されちゃったら、仲直りできなくなる」

はっとした。そういうことか。

〈夢の城〉を燃やしたのは、その工程の大部分を手がけたのは自分ではないという後ろめたさからではない。仲違《なかたが》いした親友との関係を修復するのに邪魔だったからだ。大輝は自分の作品が県の企画展に出品される名誉より、親友との仲直りを望んでいた。

だとすれば、この子の障害になっていたのは私かもしれない。

〈夢の城〉のあまりの完成度の高さゆえ、クラスメイトから大人の助力を疑われ、親友の三橋玲人と喧嘩《けんか》になってしまった。そこまではよくある子どもの喧嘩で、時間が解決してくれる程度の問題だった。

それを長期化、複雑化させてしまったのは、ほかでもない大人たちだ。

玲人の母である三橋智子とは、子ども同士仲が良く、年齢も近かったために親しく付き合っていた。よく四、五人の保護者グループでランチしたりお茶したりした。智子が〈夢の城〉の話題を持ち出してきたのは、駅前のホテルにあるカフェで集まっているときだった。

——玲人が最近ずーっと言ってるの。大輝くんはお父さんに夏休みの宿題をやらせててズルいって。あんまりしつこいから、はいはいって聞き流してるんだけど。

カチンときた。

いまあの発言を振り返ってみると、智子には篤美や大輝を糾弾する意図などなかった。智子は夫と離婚し、シングルマザーとして玲人を育てている。玲人には宿題を手伝ってくれる父親がいないのだ。玲人が大輝を糾弾しているように見えるのは父親恋しさゆえだろうし、息子からその話を聞かされた智子は「聞き流してる」と言っている。

冷静になってみれば、それほど目くじらを立てるような言動ではない。だが篤美は感情的になって言い返してしまった。

——宿題を手伝っただけで犯罪者みたいに言わないでよ。

場が凍り付き、その日は気まずい空気が解消されないままお開きになった。以来、智子とは会っていないし、大輝が玲人の話をすると不機嫌を露《あら》わにした。

〈夢の城〉は大輝の作品として提出され、校内で高い評価をえて、県の企画展にまで出品されることとなった。制作過程に貢献できていない後ろめたさを抱えていた大輝にとって、素直に喜ぶことはできなかったのだろう。だからこそ、親友からの指摘にも過剰に反応し、仲違いしてしまった。それは親友の指摘が的を射ていると感じたからでもあった。そのことを自覚している大輝は、ずっと仲直りの機会をうかがっていたのかもしれない。

だが亀裂《きれつ》は広がるいっぽうだった。母親同士まで喧嘩してしまったせいだ。手をこまねいているうちにも時間は流れ、県の企画展が近づく。制作過程にほとんど貢献していない、親友との仲違いの原因になった作品が、自分の名前で出品される。大輝にとって栄誉どころか、取り返しのつかない事態のように思えたのだろう。

だからなんとしても県の企画展出品を阻止したかった。

「ごめんね」

唐突な謝罪に、息子が大きく目を見開いた。

そもそもの発端は、夫の孝が〈夢の城〉をほとんど自らの手で完成させてしまったことだ。最初のうちはおそらく、手助けは必要最小限に留《とど》めるつもりだったろう。けれどこだわり派で凝り性の夫だ。次第に手を貸す頻度が高くなり、最終的には、大輝のほうが手伝い役になり立場が逆転してしまった。おかげでとても小学生の作とは思えない完成度になったが、息子に達成感はなかったし、むしろ自分の手によるものではないという罪悪感を植え付ける仕上がりとなった。

そういう意味では、夫にも原因がある。

そして気づいてあげられなかった自分の責任も小さくはないと、篤美は自省した。少し考えれば、ほとんどが夫の手によるものだと気づけたはずだ。あなたばっかりじゃなくて、〈夢の城〉の異常な完成度の高さを、なんの疑いもなしに讃《たた》えてしまった。

大輝に自分でやらせてあげて、という助言ぐらいできた。

その結果、大輝は不満を飲み込み、クラスメイトから非難を浴びることとなった。

それでも親友と仲直りしたいと願っていたのに、母親がその障害となってしまった。

篤美は息子の頭を抱き寄せた。

「本当にごめん。辛《つら》い思いをさせたね」

それまで堪《こら》えてきた感情が爆発したかのように、大輝が号泣し始める。

許してもらえるかわからないが、智子に謝ろうと、篤美は思った。

CASE3　常連自殺志願者の憂鬱

1

警告灯が緑色に光り、僕は『受信』ボタンを押した。

「Z県警一一〇番です。事件ですか。事故ですか」

『早乙女？』と呼びかけられ、眉《まゆ》をひそめる。

地図システム端末画面を確認すると、発信地点は市の外れのほうにある公衆電話。

公衆電話――緊張にピリリと産毛が逆立った。

「事件ですか。事故ですか」

もう一度質問してみる。

『おまえ、早乙女でしょ？　だよね？』

名乗りもせずにいきなり「おまえ」呼ばわりも呼び捨ても失礼きわまりないが、それ以上に声だけでこちらの名前を言い当てられた不気味さが勝った。

「どちらさまですか」

『僕だよ、僕。わかんないかな』

軽い調子で語りかけられるが、僕の眉間《みけん》の皺《しわ》は深くなるばかりだ。

まったく心当たりがないし、よく聞けば声が幼い。子どもが電話をかけてきたのだろうか。でも僕にはまだ子どもはいないし、親戚《しんせき》には僕のことを「おまえ」とか「早乙女」呼ばわりする無礼者はいない。

「誰？」

『ヒント！　七文字です』

「七文字？」

指を折りながら、思いつく限りの名前を当てはめてみる。

ダメだ。

「アリストテレス」

それぐらいしか出てこない。

『なにそれ、バカじゃないの』

屈託とは無縁の笑い声が響き、記憶が喚起された。

「海斗くん？」

『やっとわかった？』

海斗くんは嬉《うれ》しそうだ。

「でも七文字って」

『タケウチカイト、だから七文字だよ』

フルネームの文字数だったのか。っていうか、普通そうだよな。

そんなことより。

「どうしたの？　なにかあった？」

これまでの話しぶりから、なにかあったとは到底思えないけど。

『あったよ』

嘘だろ、と思うが、海斗くんだって立派な市民だ。通報を無下にはできない。

「なにがあったの」

『それよりも、いぶき先輩とはどうなった？』

思わず咳《せ》き込んだ。

右隣で通報に対応中の細谷さんが、心配そうにこちらを一瞥《いちべつ》する。

僕は大丈夫ですと指でOKサインを作り、正面に向き直った。

「いきなりなにを言い出すの」

いぶき先輩が昼休憩で席を外しているときで、本当によかった。

『いや別に。どうなったのかなー……と思って』

「海斗くんには関係ない」

『いぶき先輩と間違えて僕にチューしようとしたくせに』

「やめっ……」

顔から火を噴きそうになる。

この会話を誰かからモニタリングされていやしないかと、周囲を見回す。でも見ただけではわからない。やろうと思えば、すべての指令台からモニタリング可能だからだ。もはや神に祈るしかない。

誰も聞いていませんように。

『で、どうなったの？　いぶき先輩とはチューできた？』

「するわけない」

『どうして？　好きなんでしょう』

「すす……」

しどろもどろになりかけたところで、すっかり海斗くんのペースに乗せられているのに気づいた。

「なにもないのに一一〇番に電話したらダメなんだよ。海斗くんがこんな電話をすることで、本当に急いでいる人の電話がつながらないかもしれない」

言いながら周囲を見回す。細谷さんこそ通報対応しているものの、ほかの一一〇番受理台では欠伸《あくび》を嚙《か》み殺していたり、同僚と談笑したりと、比較的のんびりした時間が流れていた。平日の午後三時過ぎという時間は、それほど忙しくない。回線がパンクするのではないかと心配になるほど通報が増えるのは、やはり夜だ。

『だから、なにもなくはないって』

「じゃあなにがあったの」

『実はさ』快活だった話し声が急にもごもごとなる。

『僕も好きな女の子がいるんだ』

「はあっ？」

大声を出してしまった。集中する視線に小さくなりながら、僕は言った。

「一一〇番はそういう話をするための回線じゃないよ」

『じゃあ、早乙女と話すにはどこに電話したらいいの』

どこに……って、真面目に考えてしまった。

「僕と話す必要はない」

なんで小学四年生と個人的に連絡を取り合う必要があるんだ。

『相談する相手がいないんだよ。こういう話、まさかお父さんやお母さんにするわけにはいかないだろう？』

「そりゃまあ……」そうだけど。

『どうしようかなって考えたときに、早乙女の顔が浮かんだってわけ。だって同じ悩みを抱える者同士じゃないか』

　そうなのか。小学生と同じ悩みを抱えていると考えると、自分がえらく幼稚な人間に思えてくる。

『相手の女の子の名前は、マイカちゃんっていうんだ。すらっと背が高くて、モデルみたいにかっこいいんだぜ。僕よりも高いんだ』

　そうなんだ。子どものころは女の子のほうが成長が早いしな。

『それにすごく良い匂いがする。話し声もかわいくて、いつまでも聞いていられるよ。それに頭も良い。学校の成績もよくて――』

「あのさ」と遮った。恋する男の気持ちは僕だってわかる。でもここで惚気話《のろけばなし》に付き合ってあげるわけにはいかない。

　なぜならこの回線は、一一〇番だからだ。

「海斗くんはこの前、僕に言ったじゃない。好きなら好きって、はっきり伝えなきゃダメだ……って。その言葉、そのままお返しするよ」

　ふいに沈黙が流れた。

　どういう意味の沈黙なのか計りかねたけど、次に聞こえてきた海斗くんの声は弾んでいた。

『そうだよね。僕、早乙女に言ったよね』

「そうだよ。だから頑張って」

そして早く電話を切って。

『自分で言ったんだからやらないとだね。よくわかったよ、早乙女。僕、頑張ってマイカちゃんに告白してみる』

「わかった」

『結果を報告するね！　ありがとう！』

「いや、一一〇番には電話して――」

電話してこないで、と言い終える前に通話は切れていた。

参ったな。また電話してくるのだろうか。

電話してくるだろうな。

やれやれと自分の肩を揉《も》みながら虚空を見上げたとき、右頬に視線を感じた。

振り向くと、細谷さんが嬉しそうに細めた目でこちらを見ている。通報対応を終えたらしい。

ということは、もしかして……。

「好きなら好きって、はっきり伝えなきゃダメなの？」

やはり聞かれていた。思わず頭を抱える。

それは海斗くんという小学生の男の子が言ったことで……頭に浮かんだ弁解の言葉を口にするのはやめた。小学生に責任転嫁するなんていくらなんでもかっこ悪すぎる。

「ようやく早乙女くんも、腹を括《くく》ったってわけか」

「そういうわけじゃないですけど」

「どういうわけじゃないんですか」

背後からいぶき先輩の声が聞こえ、文字通り椅子から飛び上がった。

「い、いぶき先輩。いたんですか」

「いたら悪いみたいですね」

先輩はむっとして唇をすぼめる。

「そんなことはないですけど」

「で、どうでしたか」

自分の指令台の指示指揮端末画面で不在の間の入電レポートを開きながら、いぶき先輩は言った。

「はい。先輩の手を煩わせるような、おかしな通報はありませんでした」

先輩が舌なめずりするような、あるいは席を外していたのを地団駄踏んで後悔するような、魅力的な謎はなかった、という意味だ。

「公衆の無言電話も、ですか」

「ありません」

「先ほど、五番台に公衆電話からの入電……とありますけど」

「無言電話じゃなくて、海斗くんでした。僕も最初はもしかしたらと警戒したんですけど」

「海斗くん？」

先輩が首をかしげる。

「以前に社会科見学に来た小学生の男の子です」

僕は右手を見せた。噛まれた跡はすっかり綺麗になっていたが、先輩は「あのときの」という顔をした。

「その子がなぜ、一一〇番通報を？　事件か事故に巻き込まれたのですか」

僕は余計なことをしゃべらないよう細谷さんを目で牽制《けんせい》してから、いぶき先輩に向き直った。

「違います。好きな子がいるんだけどどうしたらいいのか、という内容でした」

「恋愛の相談ですか」

先輩はあきれたように肩をすとんと落とした。

「迷惑な話ですね」

「相談する相手を間違っていると思います」

そっちか。軽くずっこけた。

おっしゃる通り、恋愛相談を持ちかける相手として不適格な自覚はあるが。

「そんなことないと思うわよ。人生の先輩として、しっかりしたアドバイスができていたと思うけど。ねえ、早乙女くん」

我慢できなくなったという感じで、細谷さんが加わってくる。

いぶき先輩は、この男にそんなことができるわけがないと言わんばかりの疑わしげな目で、僕を一瞥《いちべつ》した。

「ちなみに、なんとアドバイスしたのですか」

「好きなら好きって、はっきり伝えなきゃダメだ……って」

細谷さんは眉間《みけん》に皺《しわ》を寄せ、突き出した胸をこぶしで叩《たた》きながら、低い声を出した。

「そういう言い方はしてないじゃないですか」

「言い方はちょっと違うかもしれないけど、言ってる内容は違わないでしょう」

「違わないけど、あれはもともと海斗くんが言ったことを――」

「外野からアドバイスするのは簡単ですよね」

ぴしゃりとした口調に、てっきり僕が責められているのかと思ってドキッとしたが、軽くうつむくいぶき先輩の横顔は、どこか憂いを含んでいるように見えた。

「自分を客観視するのが、いちばん難しいですから……他人にアドバイスするときと同じように、自分でも決断して行動できたらいいなと思います」

「ほんと、そうよねえ」と細谷さんも頷《うなず》いている。

いぶき先輩が、抽斗《ひきだし》を開けながら言う。

「とにかく、おかしな内容でなくてよかったです」

取り出したのはいつものクロスワードパズルの雑誌と、我がZ県の地図だった。赤いペンで描かれたいくつもの丸印が点在している。

「なにが目的なんですかね」

僕はいぶき先輩の手にした地図を覗《のぞ》き込む。

「無言電話なんか繰り返しても、なにも楽しくなんかないでしょうにね」

細谷さんは、自分には理解できないという感じで両手を広げた。

通信指令課にはこのところ公衆電話からの無言電話が相次いでいる。対応した通信員が問いかけてもいっさい声を発することなく、長くとも一分ほどで通話を切ってしまうのだ。念のために警察官を向かわせても、公衆電話の前には誰もおらず、周囲で事件が起こったりもしていない。おそらく同一人物によるいたずらだというのが、課内での統一見解となっている。たちが悪いのは、毎回違う公衆電話からの発信なので、発信者の特定が難しいところだった。

どういうつもりか知らないが、たんなる数十秒の無言電話だとしても、警察組織への被害は小さくない。貴重な回線が埋まってしまうのはもちろんのこと、発信元の確認を行うために警察官を派遣する必要がある。どうせまたいたずらだろうと決めつけて無視するわけにはいかない。本当に助けを求めている人からの通報で、なんらかの理由で声が出せない状況にある可能性も捨て切れないからだ。

そういうわけで無言電話の主、あるいはその目的を突き止めるべく、いぶき先輩はこれまでの無言電話の発信地点をマーキングしているのだった。命令されたわけでなく、自主的に。ということは、仕事ではなく趣味。すごいなあという尊敬半分、よくやるなあというあきれ半分の心境だ。ここまでの執念が求められるのなら、僕なんか何百年かかっても〈万里眼〉の域に届くわけがない。

「もう何回ぐらいかかってきたのかしら」

細谷さんが僕を通り越していぶき先輩に訊《たず》ねる。

「反対番が受信したぶんまでは把握しきれていませんが、うちの班が覚知しているものだけで、ここ四か月で六十五件あります」

四か月で六十五回。たいした数に思えないかもしれないが、あくまでうちの班が覚知したぶんに過ぎない。通信指令課では三班が交替で勤務しているから、ほかの班も同じような被害に遭っているのなら、単純に三倍になる。つまり四か月で百九十五回。一日一回以上のペースで、無言電話の発信元を確認するために警察官が派遣されていると考えれば、被害は甚大といえる。

「迷惑通報といって思い出すのは、〈出せ出せ男〉よね」

細谷さんが虚空を見つめる。

そういうこともあった。何度も電話をかけてきては、〈万里眼〉を電話に出せと要求するのだ。あのとき、通信指令課ではかつて〈万里眼〉によって逮捕されたのを逆恨みした前歴者ではないかなどの推理が飛び交ったが、そんなことはなく、たんなるミキさんのストーカーだった。ミキさんが僕に好意を寄せており、さらに僕を〈万里眼〉だと誤解していたために、ストーカー男の標的が〈万里眼〉になったのだった。実際には僕は〈万里眼〉じゃないし、ミキさんから好意を寄せられてすらいなかったというのは情けないが。

それでもあの出来事を通じて、外部に〈万里眼〉の正体を秘匿する必要性はじゅうぶんに理解できた。いぶき先輩はたんに目立ちたくないだけかもしれないけど、警察官として目立つのはすなわち、いつ誰にどんな理由で恨みを買うかわからないということなのだ。

「無言電話の主は、〈万里眼〉を恨んでいる元犯罪者……ってことですか」

いぶき先輩が顔を歪《ゆが》めるのが、視界の端に映る。彼女は正体を知られるどころか、〈万里眼〉という二つ名自体を歓迎していない。

「わからないけどね。ただ、迷惑通報で思い出しただけ」

ミキさんを拉致《らち》監禁して暴行しようとした〈出せ出せ男〉は逮捕された。その後実刑判決が出て、いまもまだ服役中のはずだ。

だとすると別人。

「関係ないと思います」

クロスワードパズルの雑誌を開きながら、いぶき先輩が言う。

「〈出せ出せ男〉は〈万里眼〉を電話に出せと、要求をはっきり口にしていました。かたや今回の無言電話の主は、いっさい言葉を発していません。かりに〈万里眼〉を逆恨みしている前歴者だとしても、無言電話ではなんの復讐《ふくしゅう》にもなりません」

一刻も早くこの話題を終わらせて欲しいという感じの、有無を言わさぬ口調だった。

「君野さんの言う通りね。復讐にしてはスケールが小さすぎる」

細谷さんが少し気まずそうに肩をすくめる。

「そうですね」と調子を合わせて正面に向き直った。

そもそも誰が最初に〈万里眼〉なんて呼び出したのだろう。いぶき先輩の態度を見ていると、自称したとはとても思えないし。

まあ、あの鮮やかな謎解きを目の当たりにすれば、そう呼びたくなる気持ちもわからなくはないけど。

ふいに、目の前にお煎餅《せんべい》の個装が差し出された。

「これ、食べる？」

いつの間にか目の前に立った利根山管理官が、指令台越しにお煎餅を差し出していた。いぶき先輩はすでに個装を開けてお煎餅を食べているので、左から歩いてきたのだろう。

「ありがとうございます。いただきます」

今日のお菓子は〈ぽたぽた焼〉だった。

「ありがとうございますぅ。これ、甘塩《あまじょ》っぱくて美味《おい》しいんですよねえ」

僕の後にお煎餅を受け取る細谷さんはほくほく顔だ。

僕は袋を開けてお煎餅をかじりながら考えた。

通信指令課に配属になった当初、僕は管理官のことを〈万里眼〉だと誤解していた。通信指令課のトップだし、威厳とは無縁だけどなんとなく雰囲気はあるし、なんといっても下の名前が「万里」だ。通報者から聴取した内容だけで事件の真相を見抜いてしまう〈万里眼〉の噂は、交番勤務時代から耳にしていた。〈万里眼〉という通称は、てっきり利根山万里管理官の下の名前をもじったものだと、勝手に解釈したのだ。実際にはとんだ誤解で、部下にお菓子を配り歩くやさしいおじいちゃんだったのだが。

でも僕みたいに誤解する人も、きっといるよな。

そして本物の〈万里眼〉の正体をカムフラージュするには、好都合だよな。

通信指令課のトップの名前が、利根山万里。

伝説の通信指令課員の通称は〈万里眼〉。

これって偶然なのかな？

考えごとをしていたせいで、警告灯が緑に光っているのに気づくのが、一瞬遅れた。

慌てて『受信』ボタンを押して応答する。

「Z県警一一〇番です。事件ですか。事故ですか」

『女の人が……マンションの屋上から飛び降りようとしています！』

これは考えごとをしている場合じゃない。

僕はヘッドセットを直しながら、椅子に座り直した。

2

『早まるな！　待て！　落ち着いて！』

誰かに呼びかけた後で、声が戻ってくる。

『早くなんとかしないと……』

男性の声だ。

激しい呼吸音や、がさごそという雑音が聞こえる。通報者の動揺を表しているようだった。

「わかりました。すぐに警官を向かわせます」

僕は事案端末にタッチペンで『女性　マンションから飛び降りそう　消防にもTEL』と走り書きした。これで近隣の警察官が現地に急行し、消防にも出動要請が行くはずだ。

地図システム端末画面で発信地点を確認する。県庁所在地であるうちの市の北側に隣接したB市の南側。うちの市の中心部にも車で一時間程度という地理的条件もあって、ベッドタウンとして発展しているあたりだ。

一軒家ばかりのイメージだけど、このへんにもマンションがあるんだ。

などと呑気《のんき》なことを考えつつ、通報者に問いかけた。

「飛び降りようとしているのは、女性ですね」

『ええ。たぶん二十代か三十代か……若い女の人です』

三十代を「若い」と表現するのだから、通報者はもっと年齢が上なのだろう。第一印象と違わない。最初に声を聞いたとき、僕は通報者を六十代男性と踏んだ。おそらくそれぐらいなのだろう。

「女性のお知り合いの方ですか」

『違います。私は近所の住人です。彼女のことは知りません。見覚えもないので、このあたりの人じゃないと思います』

「そうですか。通報ありがとうございます。お名前をうかがってもよろしいですか」

『私の、ですか』

「ええ」

『ハヤシバラです。ハヤシバラヒデアキ』

ハヤシバラさんは自身の名前の漢字表記も教えてくれた。林原秀明と書くそうだ。

激しく動揺しながらも、実直な人柄が伝わってくるような話しぶりだ。

「ありがとうございます。では林原さん、詳しい状況を教えていただけますか」

林原さんは発信地点から一〇〇メートルも離れていない一戸建てに、奥さんと二人で暮らしている。テレビのリモコンの電池が切れたため、近所のコンビニに買い物に出かけようとして発信地点を通りかかったというから、完全な偶然だろう。

『マンションの屋上に、女の人が立っているのが見えました。最初はそんなに気にもとめていなかったんです。ただ、あんなところに人がいるなんて珍しいと思っただけで……でも、近づいていくと女の人がマンションの手すりから身を乗り出そうとしているのに気づいたので、危ないですよと声をかけました』

そこまで言ってから『危ないよ！』と大声を張り上げる。おそらく、飛び降りようとしている女性に向けて言ったのだろう。

『すると女性が、来ないでと叫んで、手すりを乗り越えたんです。ぞっとしました。

いまは後ろ手に手すりをつかんで、道路側に身体を前傾させています』

手すりをつかんでいる手を離せば、そのまま道路に真っ逆さまという状況か。高所恐怖症でもある僕には、考えただけで震えが来る。

「ちなみにマンションの高さは？」

いち、にい、さん、しい、と数えているようだ。

『六階建てです』

だとすれば高さは二〇メートル弱。ぜったいに助からないほどの高さでもないが、かりに落下すればまず無傷ではいられない。

『どうしてあんなことを……まだ若いのに』

誰にというより、無意識に心の声が漏れてしまったという感じの呟《つぶや》きだった。

ふと気配を感じて顔を上げると、和田さんが立っていた。ただならぬ空気を察したようで「どうしたの？」と口の動きだけで訊《たず》ねてくる。

僕は事案端末に書かれた自分の文字を見せると、「マジか」と、これも口の動きだけで反応された。

警察でも消防でもいいから、早く現着してくれ。

こみ上げる焦りを噛《か》み殺しつつ、ヘッドセットの向こうに耳を澄ませる。飛び降りを思い留《とど》まってくれるのが最善だが、そうならなかった場合でも、救助マット等の用意があるはずだ。かりに警察や消防の現着前に女性の身になにかがあれば、通報者である林原さんは一人で責任を背負い込んでしまうような気がする。

『まずは降りてきなさい！　話をしよう！　なんなら、私がそっちに行ってもかまわない！』

林原さんの懸命な呼びかけが、僕の胸に刺さる。

けれど死を決意した女性には響かないようだ。

『来ないで！　来たら飛び降りるから！』

遠くから声が聞こえた。林原さんの証言通り、二十代から三十代という印象の女性の声だった。

『わかった！　行かない！　行かないから！　私はここにいる！　じゃあ、このまま話をしないか？　話をすることで、少しは気持ちの整理がつくかもしれない！』

『あなたなんかに話してもどうにもならない！　もう私の人生終わりなの！』

『ためしてみたらどうだい！　どのみち終わりなんだったら、それぐらいやってみても罰は当たらないだろう？　私の言ってることが本当かどうか、ためしてみて欲しい！　それでどうしても気持ちが楽にならなかったら、飛び降りでもなんでもしたらいい！　どうだい？』

すごいな、と思った。林原さんはギリギリの場面で自分を見失うことなく、目の前の生命を救おうと必死になっている。僕が同じ場面に遭遇しても、とてもこんな落ち着いた対応はできない。

女性にはぜひ、林原さんの話に耳をかたむけて欲しい。

手に汗を握りながらふと視線を上げると、和田さんが胡乱《うろん》な顔で虚空を見上げていた。ヘッドセットを装着しているので、通報をモニタリングしているのだろう。

どうしたんですか、という感じに首をかしげると、和田さんは「いや」と唇を歪《ゆが》めた。

「どこかで聞いたことのある声のような……そうでないような……」

あ、女のほうな、と太い眉《まゆ》が持ち上がる。

「もしかして知り合いですか」

「知り合いではない、と思う。ただこの声、聞き覚えがある。どこで聞いたのかは……」

思い出せないようだ。

林原さんの懸命の説得は続く。

『なにがあったんだい？　どうしてそんなところから飛び降りようなんて思った？』

女の人の声は聞こえない。黙り込んでしまったのだろうか。

すると『来ないで！』と金切り声が聞こえた。

『来たら飛び降りる！』

『ヤマダさん！　さがって！　彼女を刺激しないであげて！』と林原さん。ヤマダさんというのは、近隣住民だろうか。林原さんとは知り合いのようだ。

『でもあんなところにいたら危ないじゃない』

ヤマダさんらしき声が言う。声の印象だと、林原さんと同年代くらいの男性だ。

『強引に助けようとしたら飛び降りちゃうよ』

『放っておいても、飛び降りちゃうんじゃないの』

『建物に入ろうとしたら飛び降りるって言うんだから、言う通りにするしか……』

ヤマダさんと言い合いしていた林原さんが、ふいに言葉を切った。

『なんだって？　いまなんて言ったの？　年のせいで耳が遠くなっちゃってね。もう一度、言ってくれないかな』

おそらくは女性に声をかけている。言葉を切ったのは、女性がなにかを言っているのに気づいたからだろう。

『恋人にふられたの！』

女の人の声がした。

『恋人に？』と、林原さんが訊《き》き返す。『それはつらい思いをしたね！　相手はどんな人なの？』

『商社マン！　マッチングアプリで知り合って付き合ってたんだけど、ほかにも女がいたの！　だからほかの女を切って、って迫ったら、私のほうが切られちゃった！』

酷《ひど》い話だけど、よくある話でもある。そんなことで自殺を考えるのかと、僕なんかは思ってしまうのだけど、そのへんの感覚は人によって違うからな。

もっとも、僕は異性と交際した経験すらないから、異性と別れるつらさもわからないのだけど。

そんな僕からしたら、異性と交際できるだけでうらやましい。

そして僕なら、二股《ふたまた》をかけて女性を泣かせるようなことはしないのに。

いつものようにごちゃごちゃ考えていると、林原さんの声がした。

『マッチングアプリって、なんだい？』

え？　そこ？

『そんなこともわからないの？』

女の人もあきれているけど、六十代男性ならそんなものかもしれない。

「林原さん」僕の呼びかけは届いたようだ。

『はい。なんでしょう』

「マッチングアプリというのは、交際相手や友人を探すためのスマートフォンのアプリで――」

『それは知っています』と返されて意表を突かれた。

『立て続けに質問することで時間を稼いでいるんです。遠くにサイレンが聞こえてきたので、きっともうすぐパトカーが来てくれますよね』

地図システム端末画面を確認すると、パトカーの到着まであと二分ほどか。

「ええ。もうすぐです。すみませんがあと少しだけ、頑張っていただけますか」

『もちろんです』

「ご協力ありがとうございます」

警察の現着までの時間を稼ぐために、わざとものを知らないふりをしていたなんて。訳知り顔で講釈を垂れようとした自分が恥ずかしい。一般市民の林原さんのほうが、いちおう警察官の僕なんかよりよほどしっかりしている。

ともあれ、いまこの瞬間、たしかに女性の命が林原さんの説得にかかっているのは間違いない。

お願いします、と心の内で合掌したそのとき、「ああっ！」と和田さんが大声を上げて飛び上がった。

「どうしたんですか」

「思い出したんだ、自殺志願の女の子の声」

「誰ですか」

やはり知人だったのだろうか。

「常連さん、だよ」

「二か月くらい前かな。同じように高いところから飛び降りようとして、通行人に通報されている」

「本当ですか？」

「間違いない。反対番の当直日だったから、早乙女くんに心当たりがないのは無理もないけどね。おれはその日、通信指令室にいたんだ。マッチングアプリで知り合った商社マンから二股かけられたって話で思い出した」

僕らが休みの日にも入り浸るようになったのか。そのうち通信指令室に寝泊まりするようになるんじゃないか。

それはともかく、いまの和田さんの話には引っかかる点がある。

「そのときも、マッチングアプリで知り合った商社マンだったんですか」

「うん。たしかそう言っていた」

僕は腕を組んで唸《うな》った。

「同じ人に二回ふられた……ってことでしょうか」

「なくはないけどね。くっついたり離れたりを繰り返す共依存のカップルとか。またそういうのに限って、別れ話がこじれにこじれて警察沙汰《ざた》になったりもする。どうせ元の鞘《さや》に戻るっていうのに、人騒がせなもんだ」

そういう男女の心理は、経験のない僕には理解できない。でも通信員として通報を受ける警察官としてなら、和田さんの言うことはよくわかる。別れ話で大もめに揉《も》めて警察が出動するような騒ぎになったカップルほど、しれっと復縁していたりする。そしてまた、別れ話がもつれて一一〇番してくるのだ。

そういうことだろうか。警察が出動するような自殺未遂騒動を起こした女性が、その後、すべての元凶となった男性と復縁し、また同じことを繰り返した。

ありえなくは……ないのか。

「三回目ですね」

そう言ったのは、いぶき先輩だった。

3

指示指揮端末画面からデータベースにアクセスし、調べたようだ。いぶき先輩はディスプレイから視線を上げ、和田さんと僕を交互に見る。

「彼女が高所から飛び降り自殺しようとして通行人に通報されるのは、三回目です。

五か月前にも、雑居ビルから飛び降りようとして通報されています。そのときにも、マッチングアプリで知り合った商社マンからふられたと、理由を説明していたようです」

「三回も同じことを繰り返してるっていうのか。それは穏やかじゃないな」

後頭部に両手を重ねた和田さんは、どこかおもしろがる口調だ。

「二宮《にのみや》まどかさん。二十歳。市内の金融会社で事務職に就いているようです」

いぶき先輩が読み上げたのは、以前の騒動の際に女性から聴取した情報だろう。

「二十歳か。思ってたよりずいぶん若いな。早乙女くんより年下じゃないか」

和田さんの言葉に、僕も頷《うなず》いた。

ハイスペックな恋人に二股をかけられてふられたという、いかにも恋愛経験豊富そうなエピソードから、ある程度年齢を重ねた女性という印象を受けていた。恋愛経験に年齢は関係ないのかもしれないけど。

「で、そのまどかちゃんが、三回も飛び降り未遂してるってことか。しかも三回とも、マッチングアプリで知り合った男からふられたって理由で……これはちょっと引っかかるね」

「ええ。かなり不自然です。たんなる自殺未遂ではないと思います」

いぶき先輩の口調は確信に満ちていた。

「じゃあ、いったいなにが……？」

ヘッドセット越しに、林原さんが女性に呼びかける声が聞こえる。女性はおそらく二宮まどかという人物で、これで三度目の飛び降り未遂となる。なにか裏があるのだろう。その隠された真相に、林原さんが関係していて欲しくないないなと願った。

「通報者に共通点はないのかな」

早速、和田さんが疑いの矛先を林原さんに向ける。

いぶき先輩が端末に表示させた情報を確認する。

「五か月前のときは今回と同じように近隣住民で、二か月前には営業回り中の会社員……年齢も住所もバラバラで一貫性がないので、二宮まどかさんが通報者と共謀しているとか、通報者がなにかを隠している可能性は低いと考えます」

よかった。林原さんは本当に良い人だった。

胸をなで下ろす僕をよそに、和田さんは次なる疑問をぶつける。

「住所がバラバラって、考えてみるとおかしいな。まどかちゃんはあちこちの高い建物まで赴いては、飛び降りようとしている……ってことになる」

「私もその点は奇妙だと感じました。そしてこれまでの三か所ともに、二宮まどかさんの住まいからは一〇キロ以上離れています。そして三か所の建物それぞれの位置関係も、近接してはいません」

それはかなり妙だ。何度も自殺をこころみるというのは、個人的に起こって欲しくはないけど、実際によく聞く話でもある。けれど毎回わざわざ違う場所、それもそれぞれが地理的に離れているなんて、不自然きわまりない。

「毎度毎度、自死の手段として飛び降りを選ぶっていうのも変だよな。不謹慎な話だけど、本当に死にたいと思うのなら、ほかにも方法はたくさんある」

和田さんが鼻に皺《しわ》を寄せる。

「ほかの方法もためしている可能性はあります」

いぶき先輩が指摘した。

「そうだね。過去五か月に三回、飛び降り未遂で警察を呼ばれながら本懐を遂げられなかった女の子が、飛び降り未遂騒動の合間にほかの方法をためしてみようとしていたとしても、けっしておかしくはない」

ひやかし口調の和田さんを、いぶき先輩がたしなめる。

「そういう言い方は不謹慎ですよ」

「ごめん。言い方が悪かった。ただ、本当は飛び降りる気なんてさらさらなくて、注目を集めて楽しんでいるように思えたんだ」

「その点は、私も同感です」

いぶき先輩はこくりと頷いた。

「たんに注目を集めるために、高いところに上って飛び降りようとしたんですか」

僕の発言を、和田さんが訂正する。

「飛び降りようとはしていない。飛び降りようとしているように装っただけだよ」

「なんのためにそんなことを？」

僕は注目されるのが苦手だけど、目立ちたがり屋の人だって、こんな注目の集め方をしても嬉《うれ》しくないんじゃないか？　そんなことないのだろうか。さっぱり理解できない。

和田さんがこぶしを口にあてる。

「普通に考えたら、自分を捨てた男への復讐《ふくしゅう》とかだろうけど」

「マッチングアプリで知り合った商社マンなど、最初から存在しないような気がします」

いぶき先輩の意見に、和田さんが人差し指を立てた。

「おれもその線が濃いと思う。くっついたり別れたりするカップルは珍しくないけど、毎度まいど飛び降り未遂で警察沙汰になるなんて、いくらなんでもぶっとんでる。早乙女くんもそう思うよね」

いきなり話を振られて言葉を詰まらせつつも、僕は頷いた。

「そう思います」僕には恋愛経験はないけれど、通信員として社会を覗《のぞ》いてきたし、さまざまな事件に触れてきた。たびたび警察沙汰になる共依存のカップルは残念ながらいる。これが暴行や傷害であったら、悲しいことだが珍しいとは思わなかっただろう。でもあちこちで飛び降り未遂を繰り返すなんて話は、聞いたことがない。

和田さんは軽く指を鳴らした。

「よし。三人とも意見は一致したね。商社マンは最初から存在しない。ということは、まどかちゃんは失恋なんかしていない。なのに高いところから飛び降りようとして警察沙汰になっている。どういう背景があるんだろう」

「死ぬつもりはない、ということですよね」

いちおう確認してみる。

「だろうね。その理由がないんだから」

ひとまずよかった、ということになるだろうか。

「周囲の関心を引くためには手段を選ばない、ミュンヒハウゼン症候群などの可能性もありますが、まどかさんが毎回違う場所を選んでいるのが、私には気になります」

いぶき先輩が言った。

「やっぱりそこだよね、もっとも不自然なのは」と和田さん。

なぜ、まどかさんは毎回違う建物から飛び降りようとするのか。そこになにがあるのか。

「騒動を起こすこと自体が目的なのではないでしょうか」

いぶき先輩が和田さんと僕を見る。

「なるほどね。騒動になってしまった、のではなく、騒動を起こすことが目的そのものだった……ってわけか。おもしろい視点だ。問題は、騒動を起こすことでまどかちゃんにどんなメリットがあるのか」

推理面ではあまり頼りにはされていないと思うけど、僕は考え込んだ。

高いところから飛び降りようとしているように装い、通行人に警察に通報させる。そんなことをして得になるだろうか。目立てるとか、注目を浴びられる、心配してもらえる以外に思い浮かばない。

和田さんがお手上げのジェスチャーをした。

「ダメだ。ぜんぜん浮かばない。いぶきちゃんはどう？」

「わかりません。なぜまどかさんが高いところを選ぶのか、なぜ警察沙汰《ざた》を起こす必要があるのか」

いぶき先輩がわからないのなら、僕には一二〇％無理だ。

そう思って心の内で匙《さじ》を投げたのに、なぜかいぶき先輩がこちらを向いた。

「早乙女くんは、なにか意見はありませんか」

「意見……ですか」

諦《あきら》めた直後の予想外のタイミングで話を振られた驚きで、頭の中は真っ白だった。

「ええ。早乙女くんには、きっと私や和田さんとは違う、新鮮なものの捉《とら》え方ができるはずです。鋭いことを言おうとか真相を言い当てようなどと考えず、素直に感じたままの意見を述べてください」

頼りにされているのか微妙だけど、いぶき先輩から助けを求められているのは間違いない。できることなら力になりたい。

「感じたまま、ですか」

「ええ。感じたままでけっこうです。まどかさんはなぜ、高いところに上って騒動を起こす必要があったのか。なんのために、高いところに上ったのか」

高いところ、高いところ。

ダメだ。まったく出てこない。たいして期待されていないのはわかっているのに、だからこそここで鋭い推理を披露すればかっこいいんじゃないかとか、いぶき先輩の僕を見る目が変わるんじゃないかとか、想像を膨らませている自分がいる。

いぶき先輩が僕を見つめる。他意などまったくあるはずもなく、たんに質問への回答を待っているだけなのに、つい意識してしまってどうにもならない。自意識過剰にもほどがある。

なんでもいい。とにかくなにかをひねり出せ。

「見晴らしの良い綺麗《きれい》な景色を見たかったからじゃないでしょうか」

言い終えてすぐに自己嫌悪に陥った。散々考えた挙げ句に出てきたのがこの程度か。

「高いところ＝見晴らしの良い綺麗な景色」なんて、小学生並みの発想じゃないか。

いや、小学生以下だ。幼稚園児でも思いつく。

こんなことなら、なにも出てこないほうがマシだった。

案の定、和田さんはかわいそうな人を見る目をしている。

「そ、そうか。高いところは見晴らしが良いよな。たしかに早乙女くんの言う通りだ」

和田さん、やめてください。変にフォローされると余計に惨めになります。

そしていぶき先輩はと言えば、呆気《あっけ》にとられたような表情で虚空を見つめていた。

一縷《いちる》の望みを抱いて意見を求めてみたものの、返ってきた言葉のあまりのくだらなさに、怒りを通り越してあきれてしまったようだ。

と、思っていたのだが。

「そうですね」

「え？」

「高いところは見晴らしが良い。早乙女くんの言う通りです。ありがとうございます」

「はあ……どういたしまして」

反射的にそう答えたものの、なにが起こったのか理解できない。

いぶき先輩は自分の指令台に向き直り、なにやら調べ物を始める。さっきまで会話していた僕や和田さんのことなど、存在していないかのように集中していた。

僕はいぶき先輩の真剣な横顔を眺めながら、混乱した頭で考えた。

いま僕は、なにを言われた？

もしかしていぶき先輩からお礼を言われた？

まさかそんなはずはない。高いところは見晴らしが良いと、誰でも思いつくことを言ったまでだ。けれどその言葉を聞いたいぶき先輩は、なにかに触発されてスイッチが入ったかのように、調べ物に集中している。それまでの流れを考えれば、いぶき先輩のスイッチを入れたのは僕の一言という解釈になりはしないか。

気づけばパトカーが現着していた。

『女の子が思い留《とど》まったようです！　エレベーターで下に降りると言っています！』

林原さんのレポートで我に返った。

「本当ですか？」

『ええ！　さっき手すりを乗り越えて屋上に戻って、いまはもう見えなくなりました。もうすぐエレベーターで下に降りてくると思います』

どっと全身が脱力した。

僕らの推理では、二宮まどかさんには最初から飛び降りるつもりなどなかった。けれど彼女は手すりを乗り越えて飛び降りようとする素振りを見せたわけで、本人にその気はなくとも、一つ間違えば転落する危険はあった。まどかさんの真の狙いはわからないけど、当座の危機が過ぎ去ったことに安堵《あんど》を禁じえない。

「本当にありがとうございました。林原さんのおかげです」

『いいえ。私などなにも』

「お時間とらせて申し訳ありませんが、いま到着した警察官に、これまでの経緯をお話し願えますか」

『もちろんです』

ところで、と林原さんが話題を変える。

『利根山くんはまだ指令室にいるんですか。利根山万里』

「管理官とお知り合いなんですか」

驚きで声が大きくなった。

『いまは管理官になっているんですね。彼ぐらい仕事ができれば当然か』

もしかして。

「林原さんは元警察官――」

『八年前に退官しました。利根山くんは後輩です』

やっぱり。

一般市民とは思えない冷静さは、元警察官だったからか。

相手が大先輩とわかって、自然と背筋ものびる。

僕は周囲を見回し、管理官の姿を探した。管理官は遠くの指令台で部下にお菓子をあげている。事件や事故の緊張感など微塵《みじん》も感じさせない、しかし見慣れた光景だ。

『利根山くんが管理官をしているのなら安心ですね』

安心……かなあ？

内心で首をひねりつつ、林原さんに訊《き》いた。

「管理官にかわりますか」

『いやいや。服務中に昔話なんかしている余裕はないでしょう』

少なくとも管理官には余裕がありそうだけど。

現着した所轄署の地域課員に引き継ぎ、通話を切った。

これで僕ら通信指令課はお役御免だ。〈万里眼〉の本領発揮とはいかなかったけど、いぶき先輩だって超能力者ではない。後は現場の仲間たちに任せよう。

そう思って視線を落としたそのとき、事案端末にいぶき先輩の筆跡が躍っているのに気づいた。

僕はその文面を何度か読み返し、「嘘だろ」と呟《つぶや》いた。

この騒動に、こんな裏が隠されていたなんて――。

4

乱暴な音を立てて扉を開け閉めし、取調室に入ってきた男は、とても警察官に見えない粗暴な空気をまとっていた。

その印象通りにがちゃがちゃと壊しそうな手つきでパイプ椅子を開き、すとん、と腰をおろして脚を組む。

それからオールバックにしたつやつやの髪を撫《な》でながら言った。

「いやあ。気分良いわ。マジでここ数年で一番かもしれない。なんでか聞きたいか」

二宮まどかはぷいと顔を背ける。

すると対面に座った男は、デスクの上に身を乗り出してきた。

「これまでずーっと追い続けてきた自動車窃盗グループのメンバーを、芋づる式に逮捕できたからだよ。あんたのスマホの履歴を辿《たど》ることでな。な？　気分良いだろ？

ゴキブリどもを一網打尽だよ」

全身が震えるほどの怒りを堪《こら》え、ふっ、と肩を揺すった。

「ゴキブリはあんただろ？」

「なに？」

「そのテカテカの髪、まるっきりゴキブリじゃないか」

男が一瞬、剣呑《けんのん》な雰囲気を身にまとう。怒鳴りつけられるのか、胸ぐらでもつかまれるのか。恐怖に身を硬くしたが、男は豪快に笑った。狭い部屋の壁がビリビリと震えるような、大きな声だった。

「最高だな。たしかにゴキブリかもしれない。だとするとおまえらはさながら、ゴキブリにたかられる生ゴミってところか」

きっ、と睨《にら》みつけると、男は不敵に片頰を吊《つ》り上げた。

「身体は拘束されていても、内心だけは自由だ。好きなように思ってくれてかまわないぞ。心の中でなにを考えていようが、おまえはまな板の上の鯉だ。法の裁きを受けることになる」

男は椅子にふんぞり返った。

「捜査三課の御厨だ。よろしくな。長い付き合いになる」

「私はなにもしてない」

「おいおい。そりゃないんじゃないか」

御厨がデスクに片肘《かたひじ》をつく。

「早速仲間を切り捨てるのか。自分は盗みには加わっていないから無関係だ……って」

「実際、無関係だ」

「無関係なわけないだろうが」

御厨は挑発的な笑みを浮かべた。「マンションや雑居ビルなどの屋上から標的の家屋を見張り、スマホで実行犯に指示を与えていたんだ」

「証拠は？」

「証拠？」

信じられないという感じに鼻を鳴らされた。

「実行犯グループの三人の身元は、あんたのスマホの通話履歴から割り出したんだぜ。三人とも犯行を認めてるし、あんたの指示通りに動いたと供述してる」

「連中が私をハメようとしてる」

「冗談だろう。実行犯グループが自動車窃盗を行う際には、必ずあんたと通話がつながっていた。中にはあんたのほうから発信している場合もあった」

「たまたまだよ」

「連中がいまにも車を盗み出そうとしているときに、たまたまあんたと電話で話していた……っていうのか」

「そうだよ。悪いか」

「なにを話した」

「さあ。覚えてないけど、いつもみたいにたわいのない話をしてたんじゃないかな。なにを食べたとか、職場の上司とか同僚がむかつくとか」

明らかに信じていない顔だったが、御厨はそれ以上追及するのをやめた。軽く顎《あご》を持ち上げ、まどかを見下ろしてくる。

「威勢良くしてられるのもいまのうちだ」

「っていうか、いきなり逮捕された意味がわからないんだけど」

現場に到着した制服警官に肩を抱かれながらマンションを出るときは、自殺未遂で保護されたかわいそうな女を演じているつもりだった。パトカーの後部座席に乗せられて所轄署に連れて行かれるのも、たんなる事情聴取だと思っていた。これまでだってそうだったのだ。自殺志願の女ははた迷惑ではあるものの、事情が事情だけに強く咎《とが》めることもできない。男なんて星の数ほどいるのだから頑張って生きなさいよと、励まされながら帰宅する。そのはずだった。

それがなぜこうなったのか。

県警本部の取調室に通されたまどかがまず聞かされたのは、中岡《なかおか》が逮捕されたという報《しら》せだった。中岡は自動車窃盗実行グループ三人のうちの一人だった。自分が自殺未遂騒動を起こして注目を集めている隙に、盗んだ自動車で悠々と走り去るところまで、まどかはしっかりと見届けていた。だからこそ、自殺を思い留まったふりをして屋上からおりたのだ。

自動車泥棒の手口はこうだ。

まずは県内の住宅街を流し、解体したときに部品が海外に高く売れそうな自動車を見つける。

標的が定まったら、自動車の所有者宅が見下ろせる高い建物を探す。所有者が留守にしている時間を狙うのがセオリーだが、どんな場合にもアクシデントは起こりえる。所有者が突然帰宅する、周辺住民から不審がられる、あるいはパトロールの警察官が自転車で接近してくるなどのちょっとした異変も、高いところから観察していればわかりやすい。

計画を決行するときには、まどかは高い建物の屋上にのぼり、スマホをスピーカーにして実行犯の三人と連絡を取り合う。盗んだ自動車が無事走り去ったのを確認し、まどかも屋上を後にする。

だがときには、まどかのほうが怪しまれてしまうこともあった。普段人のいないような高所からどこかを熱心に見つめているため、近隣住民や通行人から奇異に思われてしまうようだ。

そんなとき、まどかは自殺志願者を演じることにしていた。変にやり過ごそうとすると、そう遠くない場所で発生した自動車窃盗事件との関連に気づかれる恐れがある。だからコソコソするのではなく、まったく違うかたちで印象に残すのだ。

自殺志願者を演じることには、ほかにもメリットがあった。周囲の注目を集めることにより、自動車窃盗の実行犯たちへの注意が逸《そ》れるのだ。野次馬根性を発揮する近隣住民は家を空けるし、パトロール中の警察官もまどかのもとに集結する。

まどかはいまにも飛び降りそうにしたり、不幸な身の上話を披露したりしながら注目を集め、仲間たちの犯行の模様を観察する。そして犯行を終えたところで、自殺を思い留まったふりをして屋上から降りる。警察から事情聴取を受けなければならないが、自殺未遂したかわいそうな女が罰せられることはない。しばらくして発覚するであろう自動車窃盗事件と結びつけて考える者も、いるはずがない。

そのはずだったのに――。

まどかは目を細め、ヤクザ者にしか見えないガラの悪い刑事を観察した。

こいつじゃない、と思う。ガサツを絵に描いたようなこの男が、自動車窃盗と自殺志願の女を結びつけて考えられるわけがない。

「〈万里眼〉――」御厨がおもむろに口を開いた。「って、知ってるか」

「マンリガン……?」

聞いたことのない単語だ。似たような響きの薬があったような気もするが。

「なんだ、知らないのか。そっか。まだ若いからかな。だから自動車泥棒なんていうバカな真似をしちまうんだな。知ってたら犯罪なんてできないもんな、この県では」

うんうん、と一人で頷《うなず》いている。

「なんなんだよ」

「知りたいか」

「べっ、別に……」

知りたい。おそらくその〈マンリガン〉のせいで、自分は逮捕されたのだ。

含み笑いでもったいつけていた御厨が、卑屈っぽい笑みを浮かべる。

「〈万里眼〉ってのは、我がZ県警が誇る伝説の通信員だ。〈千里眼〉なんかよりよほどすごいから〈万里眼〉。警察組織内でもその正体を知る者は少ない。中には都市伝説だと思ってる職員もいるぐらいだ。だが、そいつは実在する。わかったか」

わからない。通信員というのは、どんな役割を果たしているのか。

疑問が顔に出たらしく、御厨が説明してくれる。

「通信指令課っていうのは、市民からの一一〇番通報を受ける部署だ。県内のどこかからかけても、一一〇番はまず通信指令室に集約される。通信員が通報者から状況を聞き取り、所轄署に出動指令を飛ばすわけだ」

「ようするに〈万里眼〉っていうのは、一一〇番を受けるオペレーターなの」

まどかの質問に、御厨が満足そうな顔をする。

「なんだ？　ただ電話を受けるだけの、誰でもできる仕事じゃないかって顔してるな。まあ、指令課のほかの連中はそうかもしれないが〈万里眼〉は違う。通報者から聴取したわずかな情報だけで、事件の真相を見抜いてしまうんだ」

驚きのあまり反応がワンテンポ遅れた。

「嘘でしょ」

「嘘なもんか。あんたがここにいるのが、〈万里眼〉のすごさを物語るなによりの証拠だろう」

予想通りの反応がえられたという感じで御厨が嬉《うれ》しそうにしているのは癪《しゃく》だが、まどかにとっては衝撃のほうが大きかった。驚きを隠すことができない。

通報者から聴取した情報ということは、あの白髪の男の電話か。

まどかは屋上から見下ろした光景を思い出した。

屋上から身を乗り出しているまどかに気づき、真っ青になっていた。スマートフォンを耳にあてていたので一一〇番通報したのは知っていたが、あの男がたいした情報をもたらせたとはとても思えない。まどかからもたらした情報も「マッチングアプリで付き合った男に二股《ふたまた》をかけられて捨てられた」といういつもの作り話で、そこから自動車泥棒につながる要素はないように思われた。

御厨が嬉しそうに目を細める。

「知らなかったんならしょうがない。うちの県警には〈万里眼〉がいる。だから罪を犯したら逃れることはできない。それどころか、たちどころに捕まっちまう」

「あんたは〈万里眼〉の正体を知ってるのか」

「当たり前だろうが。おれを誰だと思ってる」

知るかよと思ったが、それより気になることがある。

「教えて。〈万里眼〉の名前はなんて言うの」

仰々しくかぶりを振るしぐさが返ってきた。

「残念ながら、それはできない相談だ。正体がバレたら、逆恨みした犯罪者に狙われるかもしれないからな。もしも〈万里眼〉が消えたら、うちの県警の検挙率もだいぶ下がっちまうだろうし」

そこまでの存在なのか。

「まあ、あんたもこれを機に更生して真っ当に生きることだな。うちの県で悪事を働くのはコスパが悪いぜ。それとも、〈万里眼〉に挑んでは玉砕を繰り返す不毛な人生を送るか……あんた次第だが、あんたはまだ若いんだからやり直しが利く」

おっと、まだ犯行を認めてはいないんだっけ、取り調べを続けるかと、御厨が椅子に座り直した。あんたの仲間たちがこう言っていたぞ、ああ言っていたぞと、まどかの供述の矛盾を突いてくる。

――〈万里眼〉、〈万里眼〉、〈万里眼〉……。〈万里眼〉のせいで捕まった。〈万里眼〉さえいなければ、捕まることはなかった。

いつか必ず復讐《ふくしゅう》してやる。

取り調べに生返事で応じながら、まどかは頭の中で呪文《じゅもん》のように繰り返していた。

5

県警本部の玄関をくぐって外に出ると、朝の日差しが目に痛いほどだった。

出勤したての同僚たちとすれ違いながら駐車場を抜け、門扉をくぐって敷地の外に出る。

左手のほうにいぶき先輩の後ろ姿を見つけた。バス停に向かって歩いているのだろう。

どうしようか迷った。僕の住む独身待機寮は、駐車場を出て右の方角だ。いぶき先輩とは正反対。それなのに追いかけて声をかけたら、気持ち悪がられるんじゃないか。でも行動を監視していたわけでもなく、本当にたまたまなのだ。「どうせ非番でやることないし、バス停まで一緒に行ってもいいですか」ぐらいは、おかしくないんじゃないか。同僚なんだから。

先輩はなにか予定あるんですか。え？　特にない？　だったら一緒に朝食でもどうですか。いつもは寮でお茶漬けとか食べて済ませるんですけど、なんだかいま無性にマックが食べたくなっちゃって。朝マックのグリドルのセット。あれ、ときどき無性に食べたくなりません？　ハッシュポテトって、なんで朝だけなんですかね。僕あれ好きなんですよね。終日頼めるようにしてくればいいのに。そう思いません？

ぜったいにその通りに運ぶはずがないのに、脳内で軽やかな会話をシミュレーションしてみる。上手《うま》く朝食に誘えるかは自信ないけど、挑戦することに意義がある。声をかけてみよう。

そう思って歩き出そうとした僕の身体は、なぜか前に進まない。

僕の首にスーツの腕が巻き付いていた。誰かが横から肩を抱いてきたらしい。肩を抱くと言うより、プロレス技のスリーパーホールドみたいになっていて息が苦しい。

「よう。〈万里眼〉」

うわ、最悪。思わず飛び出しそうな言葉をぐっと呑《の》み込む。

「おはようございます。御厨さん」

自動車窃盗グループを一網打尽にして以来、御厨さんはやたらと親しげに接してくるようになった。事件を解決できたのは〈万里眼〉のおかげ——というか僕のおかげと思い込んでいるようだ。僕のおかげでもないし、そもそも僕は〈万里眼〉じゃないし、というわけですべてが誤解なのだが、いぶき先輩のためを考えると誤解をそのままにしておくほうがいいのが、痛し痒《かゆ》しといったところだ。

「いま帰りか」

「はい。当直明けで」

「そうか。おれはいまから仕事だ。大変だな、二十四時間勤務」

「ええ。でも仮眠は取れますし、勤務体系は指令課全員同じですから」

「ほかの指令課員なんて、おまえに比べたら働いてないようなものだろ。カスだよ、カス。おまえ一人で十人ぶんぐらいは貢献してるんじゃないか」

過分な評価だけど、完全な誤解に基づくものだけに居心地が悪い。

「そんなことないです。指令課員はそれぞれが県警に不可欠な存在です」

御厨さんが突然大声を上げ、僕はびくっと身を震わせた。

怒鳴りつけられたのかと思ったが、笑っているようだ。

笑いを収めた御厨さんが、僕の肩をポンポンと叩《たた》く。

「〈万里眼〉は謙虚だな。事件も解決するし、人間も出来てる。我が県警の宝だ」

明らかに褒められているし、好かれているのに喜べない。本当に申し訳ないけど、僕にとって御厨さんは遺伝子レベルで苦手なタイプなのだろう。

「ありがとうございます。じゃあ、僕はこれで……」

そそくさとその場を立ち去ろうとしたが、「あれ？　おまえの家、そっちじゃなくないか」と声をかけられ、ぎくりとした。

振り返ると、御厨さんは満面の笑みだった。

「K署の上にある独身待機寮なんだろ。おれも実は同じなんだ」

全身の筋肉が硬直した。

「え。でも寮でお会いしたことないですよね」

「いまは住んでないからな。あそこの寮出身ってことだ」

脱力してその場に崩れ落ちそうだった。よかった。本当によかった。

それにしてもこの人、なんで僕の寮の場所まで調べているんだ。しかもその事実を明かして、まったく悪びれる様子もない。完全無欠なモラハラ・パワハラ体質なのだろう。厄介な人に好かれてしまった。

ふいに、御厨さんが遠くのなにかに気づいたようだった。

「あれは……君野だな。やっぱりおまえ、あいつのこと好きなのか」

「いや」否定しようとして、和田さんに言われた言葉が蘇《よみがえ》った。

——早乙女くんの言いたいこともわかるけど、そういうなにげない状況で飛び出した言葉こそ、本心だという解釈もできるよね。

ここは曖昧に。

けれど僕の考えなど関係ないとばかりに、御厨さんは口を尖《とが》らせながらプライバシーに土足で踏み込んでくる。どうにもペースがつかめない。

「隠すことないだろ。おれたち警察官は家族みたいなもんだ。まあ、あいつもよく見れば顔立ちだけは整ってるもんな。ぱっと見は良い女だよ。ただ尻《しり》が残念だよな。貧弱だ。あんな小さい尻だと、まったくムラムラこない。もっとこう……ドーンってデカくないとな」

モラハラ・パワハラにセクハラも加わり、ポーカーならスリーカードの完成だ。

それはともかく、いくら僕でもさすがに黙っていられない。

「いぶき先輩は、見た目だけの女性じゃありません」

どこに地雷があるのかわからないから突然不機嫌になったりして面倒なのは否定しないけど、喧嘩《けんか》していても僕が困っていると最終的には助けてくれるし、〈万里眼〉を発揮して事件の真相を見抜いてしまう様子なんて圧巻だ。好きとか嫌いとかを超越して、彼女のすごさだけは誰もが認めざるをえない。

そして御厨さん、実はあなただって、いぶき先輩に助けられているんです。

あなたがずっと追いかけてきた事件を解決に導いたのは、僕ではなくていぶき先輩なんです。

するとと、御厨さんからつまらなそうに鼻を鳴らされた。

「自分のほうがあいつのことをわかってるって？」

「いや……」

「付き合ってないんだよな？　おまえら」

念を押され、僕はカクカクと首を折った。

「ならおまえのほうがあいつについて詳しいなんてことはありえない。おれはあいつの元彼だからな」

最初はなにを言われているのか理解できなかった。

遅れて衝撃がやってくる。

「ええっ？」

僕は遠ざかるいぶき先輩の後ろ姿に視線を向けた。こちらに気づく様子もなく、角を曲がって姿が見えなくなる。

ふたたび御厨さんに視線を戻した。

いぶき先輩と御厨さんは、付き合っていた……？

そういえば最初に御厨さんが通信指令室を訪ねてきたとき、いぶき先輩はえらく不機嫌だった。

——昔からあんな感じなんですか。

——なにがでしょう。なんのことをおっしゃっているのか、わかりかねます。

——めちゃくちゃ居丈高だし、人の話聞かないじゃないですか。あれじゃあ、一緒に仕事する人は大変だろうなあ。

——さあ。私には関係ありませんので。

振り返ってみれば、御厨さんの話題を極端に嫌がっていたようにも解釈できる。いぶき先輩に惚《ほ》れているのかと御厨さんに訊《き》かれ「そんなんじゃないです」と否定してしまったのが原因かと思っていたけど、違ったのではないか。元恋人について言及するのが嫌だったのかもしれない。

過去の記憶が怒濤《どとう》のようにフラッシュバックする。

——おいおい、つれないな。おれとおまえの仲じゃないか。

——そういう誤解を招くような言い方、やめていただけませんか。

——誤解じゃないだろ。ひとつ屋根の下で過ごした関係じゃないか。

——それが誤解を招く言い方だと、申し上げているのです。

あの後いぶき先輩は御厨さんを「ただの同期です」と言っていたが、本当は違った。「ただの同期」以上の関係だった。

だからなんだって言うんだ。いぶき先輩だって大人の女性なんだから、元彼の一人や二人いたっておかしくない。むしろいないほうがおかしい——そうなると女性との交際経験ゼロの僕がおかしいってことになるけど——とにかく二人が元恋人だからって、なにも悪いことはない。

同期なんだし、警察学校時代は一つ屋根の下で過ごした仲だし、励まし合って厳しい訓練を乗り切るうちに友情以上の感情が芽生えたっておかしくないだろうし。

……やっぱり無理！

「なあ、おまえのおかげで自動車窃盗団を捕まえられたんだから、お礼させてくれないか。美味《うま》い焼き肉屋を知ってるんだ。あまりに美味いから、本当に仲の良い人間しか連れて行かない店なんだけどな。〈万里眼〉とのお近づきのしるしに、特別に連れてってやるよ。しかもおれの奢《おご》りだ。どうだ。どっか都合の良い日はないか……っておい。早乙女、どうした？　聞いてるのか」

目の前で手を振られても、僕はしばらく御厨さんの呼びかけに反応することができなかった。

6

ふいにイブキが振り向いて、男はぎくりとした。

だが立ち止まるわけにはいかない。視線を固定したまま、革靴の足を交互に前に踏み出す。

イブキは男よりもずっと後ろのほうを気にしているようだった。

よかった。尾行に気づかれたわけではなさそうだ。

男はイブキの横を通過し、バス停に掲示された時刻表の前で足を止める。時刻表を確認するふりをして時間を潰《つぶ》していると、イブキが追いついてきてバス待ちの列に並んだ。男もイブキのすぐ後ろに並ぶ。

イブキの身長は、男の胸の高さほどしかなかった。ダボッとしたスウェットで身体のラインを隠しているが、スキニーのデニムパンツの脚はかなり細い。整った顔立ちの中でもひときわ印象的な大きな目は、目尻《めじり》が吊《つ》り上がって勝ち気な感じがするものの、全体的には小柄で華奢《きゃしゃ》なお人形さんといった雰囲気だ。男がその気になれば、腕力で制圧するのは簡単だろう。

バスがやってきて、乗降口の扉が開く。

男はイブキに続いて乗車し、イブキのすぐ後ろの一人席に座った。

バスが走り出す。

イブキはスマートフォンを取り出し、なにやら操作を始めた。

男は背筋をのばし、さりげなくイブキの手もとを覗《のぞ》き込む。

液晶画面にはなにかのゲームらしき画像が表示されていた。移動中の暇つぶしか。椅子の背もたれに体重を戻しながら、ゲームに没頭するイブキの後頭部を眺める。こいつ、本当に警察官だろうか。こうして見るとどこにでもいる若い女だ。県警本部から出てくる際に何人かの警察官と挨拶《あいさつ》を交わしていたので間違いないはずだ。警察官たちから「イブキちゃん。お疲れさま」と言われていたので、男はこの女をイブキと呼ぶことにした。それが苗字《みょうじ》なのか名前なのかは知らない。もしもこの女が標的となりえるのであれば、詳しく調べるつもりだった。

いくつかのバス停を通過したところで、腰の曲がった老人女性が乗り込んできた。イブキはすかさず立ち上がり、老人女性に席を勧めた。

「よかったら、どうぞ」

その声を聞いて、男の全身に電流が走った。

気のせいでないのをたしかめるために、その後の会話に耳を澄ませる。

「いいんですか」

「かまいません。どうぞ」

「ありがとうございます」

老人女性はイブキに替わって男の前の席に座った。

イブキは老人女性の横に立ち、つり革をつかんでいる。

「本当にありがとうございます」

老人女性はあらためて礼を言った。

「いえいえ。気になさらないでください」

イブキは恐縮しながら顔の前で手を振る。

「これからお仕事で大変だろうに、立たせてしまってごめんなさいね」

「いいえ。もう仕事が終わって帰るところですから」

老人女性の不思議そうな視線にいたたまれなくなったように、イブキが説明する。

「当直勤務だったんです」

「あらまあ、お医者さん。ご苦労様です」

「違います。警察官です」

イブキの回答がよほど意外だったらしく、老人女性は「警察官！」と目を丸くした。

「こんなにかわいらしいおまわりさんがいるんだねえ」

イブキは反応に困った様子で笑いながら、頬を赤く染めている。

ふいにイブキの視線がこちらを向いて、男は素早く視線を逸《そ》らした。老人女性と会話するイブキの横顔を、ついまじまじと見つめてしまっていた。

朝日に照らされた色の薄い街並みが、視界を流れていく。

車窓に視線を固定したまま、男は笑いを必死に堪《こら》えていた。

あの声だ。イブキの声。

顔を見たのは初めてだが、声は何度となく聞いていた。あちこちの公衆電話から散々一一〇番に無言電話をかけたので、通信指令課員の声はかなりの確率で正確に判別できる自信がある。

中でもイブキの声は特徴的だった。

舌足らずで、小学生の女の子が話しているような幼い声。最初に聞いたときには、どこか別の場所につながってしまったのかと焦った。この声の持ち主なら、自分以外の人間が聞いてもすぐにイブキとわかるだろう。

間違いない。こいつは通信指令課の所属だ。

つまり〈万里眼〉の同僚。

標的は、こいつに決めた――。

CASE4　苦い恋の味を知って少年は大人への階段をのぼる

1

「だからなんだって言うの？」

ミキさんは首を斜め四十五度にかしげた後で、つまらなそうにオレンジジュースのストローを咥《くわ》えた。毛先のカールした髪の毛は以前より明るさを増し、いまや茶髪というより金髪に近くなっている。ただ、やたら派手なペイントのダウンジャケットと、タイトなミニスカートという組み合わせは相変わらずだ。

っていうか――。

「なんでミキさんがいるんですか」

僕はミキさんの隣に座る和田さんに抗議した。

「別にいいじゃない」とミキさんが頬を膨らませる。

「いやー、早乙女くんがいぶきちゃんとの関係で悩んでいるみたいだって話したら、自分もぜひ相談に乗りたいって言うもんだからさ」

和田さんは短髪をかきながら笑った。

相談というのは、相手から持ちかけられて初めて乗るものじゃないのか。

「そもそも和田さん、そんなに頻繁にミキさんと連絡取り合ってたんですか」

「ぼちぼち」とは、つまり順調に進展しているという意味だったのか。

どんなふうに解釈することもできたけど、正直少し予想外だった。当初、和田さんは熱烈なアプローチに戸惑っていたし、ミキさんのような派手な女性はタイプじゃないと思っていた。

「うん。まあね」

「電話は毎日かな。会うのは哲《てつ》ちゃんが休みの日だけだけど」

おお、と感嘆の声を上げてしまう。

哲ちゃん。

それに毎日電話して休日にデートだなんて、僕に言わせればほぼ付き合っている。

「それなら、お邪魔虫は僕のほうでしたね。すみません」

本来なら今日もミキさんとデートの予定だったのだろう。

一人で悶々《もんもん》と悩んでネガティブスパイラルに陥るのが耐えられず、昨晩、和田さんに「こんど相談に乗っていただけませんか？」とメッセージを送った。すぐに「いぶきちゃんのこと？」と返信があり、「そんなところです」と応じたら、「早乙女くん、明日《あした》週休だよね。おれも休みだから、一緒にメシでも食おう」と返ってきた。

和田さんから指定されたのは、僕の住む寮の近所にあるファストフード店だった。待ち合わせ時刻の十分前に店に着き、席を確保して待っていると、なぜかミキさんを伴った和田さんが登場したのだった。

「じゃあ、話を聞こうか」

なんて言われても、ミキさんが気になってしょうがない。だから最初は遠慮がちにではあったけど、和田さんの聞き上手とミキさんのオーバーリアクションに乗せられるかたちで、いつの間にか洗いざらい話していた。

いぶき先輩は、かつて捜査三課の御厨さんと付き合っていたようだ。いま現在どうこうということはなさそうだが、どうしても気になってしまう。

それにたいするミキさんの返答が、先ほどの「だからなんだって言うの？」だった。

「っていうかさ」とミキさんがポテトをかじる。

「その御厨って人がいぶきちゃんの元彼だとして、なんなの？　関係ないじゃん」

「まあ、そうなんですけど」

椅子に座っているのに正座している気分だった。

「いまはもう別れていて、いぶきちゃんのほうは御厨さんと絡むのを嫌がってるっぽいんでしょ？　別れた相手と友達付き合いが続いてたら、気になっちゃうのはしょうがないと思うよ？　元彼と遊びに行ったり、飲みに行ったりしてるとかならね。でも

「それはないんだよね」

僕が頷《うなず》くと、「ならいいじゃない。はい、終了」とミキさんはフライドポテトを振った。

苦笑しながらミキさんの話を聞いていた和田さんが口を開く。

「おそらくだけど、早乙女くんはいぶきちゃんと付き合うことになった場合の、御厨との関係を心配しているんじゃないかな。いぶきちゃんとの交際が公になったら、職場で御厨と顔を合わせるのが気まずくなる。それが嫌だ、とか」

「それもあります」

「それ以外にもなにかあるの」

「気まずくなるとかどうでもよくない？」と、ミキさんが横から口を挟んでくる。

「そもそも付き合っているのを横取りしたとかでもないのに、気まずくなる意味がわからない。堂々としてればいいじゃない。だいたい、御厨っていう人は捜査三課で部署が違うんだから、毎日顔を合わせるわけでもないでしょう」

和田さんが頬を緩める。

「おれもミキちゃんの言う通りだと思う。けど、早乙女くんの気持ちもわからないでもないな」

「本当に？」ミキさんは信じられないという顔だ。

「本当だよ。いぶきちゃんのことを好きっていう気持ちがあって、もっと仲良くなりたいという願望もあるけど、できれば誰とも揉《も》めることなく、波風を立てることなく、穏便にそうなりたいものさ」

「そんなのズルくない？」

　ぐさりと僕の胸を抉《えぐ》るような、ミキさんの指摘だった。

「ズルいよ。でも人間ってズルい生き物だからね。ぜんぶ思い通りにできるのなら、思い通りにしたい。でもそうならないから、なにかを我慢したり妥協したりする。ミキちゃんだってさっき注文するとき、バーガーにポテトを付けるか悩んでたよね」

「うん」

「ポテトは美味《おい》しいから食べたい。でも食べると太る。美味しいか、太らないか。本来ならどっちかを選んでどっちかを犠牲にしないといけない。でもさっき、太らないサプリを飲んでたじゃない」

「脂肪や糖の吸収を抑えるサプリね」

「そう。でもそれってズルいよね」

「どうして？」

「美味しいものを食べて、なお太らないようにしているから」

「それとこれとは違くない？」

「一緒だよ」

「そうかなあ」

感情豊かでひたすら欲望に忠実なミキさんと、理性的で思慮深い和田さん。この二人、案外お似合いかもしれない。

「でも、過去は過去なんだし。とっくに終わったことでねちねち言うぐらいなら、いぶきちゃんのこと、もう諦《あきら》めたほうがいいと思う。悪いことをしたわけでもないのに過去にこだわるなんて、彼女がかわいそう。そもそも廉くん、まだいぶきちゃんの彼氏じゃないし、想いを伝えてすらいない段階なのに」

ミキさんの言う通りだ。

僕はあれこれ考えるだけで、なに一つ行動に移せていない。失敗を恐れて行動できないままチャンスを逃し続けるので、失敗の経験すらない事実こそが最大の失敗になっている。

御厨さんとの関係が悪くなるのを危惧《きぐ》しているとかではないんだよなと、いまあらためて思った。御厨さんとは親しくもないし、ミキさんの指摘した通り、部署も違うので頻繁に顔を合わせるわけでもない。

それなのになぜ、御厨さんがいぶき先輩の元彼だという事実に衝撃を受け、くよくよ思い悩んでしまうのか。

「御厨さんと比べられるのが、怖いんだと思います」

それが僕の率直な気持ちだった。

いま気づいた。いぶき先輩と付き合うことになったら、御厨さんと比べられるかもしれない。明確な基準を示された気がするのだ。

「御厨さんと僕は正反対です。見た目もそうだし、性格的にも、僕にはあんなふうに積極的に人とかかわることができません。不快な思いを与えてしまうんじゃないかとか、嫌われてしまうんじゃないかという考えが先に立って、なにをするにも二の足を踏んでしまいます」

「だから早乙女くんみたいな人を選ぶ……っていう考え方もあると思うけどね。御厨みたいなグイグイ系の男は行動力があって、それが魅力でもあると思うけど、気遣いに欠ける部分もある。そういう無神経さに疲れたから別れた。だから次は御厨みたいに行動力がなくても、やさしい人がいい……とかさ」

和田さんはフォローしてくれたが、僕はすっかりネガティブスパイラルに巻きこまれていた。

「ああいう行動力のある人を選ぶんだったら、そもそも僕みたいなタイプはあまり好きじゃないのかもしれないと、考えてしまうんです。なにかの間違いでいぶき先輩と付き合うことになっても、優柔不断な性格に愛想を尽かされてしまいそうで」

「付き合ったカップルはほとんど別れるんだ。結婚したって別れることはある。いつか別れるかもしれないって考えてたら、誰とも付き合えないよ」

わかってる。だから僕はこれまでの人生で、女性と交際した経験がない。

「ああ、もう！　マジ無理！」

ミキさんが焦《じ》れた様子でかぶりを振った。

「廉くん、自分のことばっかりじゃない。くよくよくよくよ悩んでるのも、ぜーんぶ、自分が傷つくのが嫌だっていうことばっかり！　いぶきちゃんのことなんか、ぜんぜん考えてあげてない！　話聞いてると、だんだん腹立ってきた」

「まあまあ。ミキちゃん、落ち着いて」

なだめようとする和田さんの手を振り払い、ミキさんは僕を睨《にら》んだ。

「廉くん、自分ばっかりが繊細で傷つきやすくて悩みを抱えてるって思ってるでしょう」

「そんなこと思ってないよ」

「いいえ。思ってる。自覚はなくても潜在意識レベルで思ってる。でないと、そんな自分本位で傲慢《ごうまん》な考え方ができるわけない」

「傲慢だなんて――」

自分からもっとも遠い形容詞だと思っていたのに、ミキさんは「傲慢よ」と語気を強くした。

「きみは傲慢。紛れもなく傲慢。傲慢きわまりない人間。人見知りでコミュ障で引っ込み思案だと言い訳をしながら、やさしい人が歩み寄ってきてくれるのを待ってる。あらかじめ、こんな人間だからというレッテルを自分に貼ることで、変わることを拒んでいる。自分から歩み寄ることはできませんから、僕と仲良くなりたい人はそっちから歩み寄ってくださいねって宣言する姿勢が、傲慢じゃなくてなんだっていうの」

ミキさんの頬が次第に紅潮してくる。

「生まれつきそうだから、これがもともとの性格だからしかたがない。生まれつき社交的な人や積極的な人がうらやましい。そう思ってるんでしょう？　きみがうらやんでる社交的な人たちが、なにも意識せずにストレスを感じずにそう振る舞えてるって考えてるから。自分にはもともとない。相手にはもともとある。でも違うから！　嫌われたらどうしようとか、そろそろうざがられてるんじゃないかとか、めっちゃ考えてるから！　考えて考えて悩んで悩んで、でもやっぱりその人と仲良くなりたいから、空気読めないふりして明るく話しかけてるんじゃん！　冷たくされても気にしてませんよって顔して！　バカなふりしてさ！　人を好きになるっていうのは、人を自分の思い通りにすることじゃない。自分がその人のために、どれだけ変われるかってことなんだよ！　それなのにあんたは、自分が自分がって……そんなんだからいつまで経ってても彼女ができないんだよ！　自分はいっさいの努力をせずに、変わろうとせずに、ありのままの自分を受け入れて欲しいなんて、虫の良いこと考えてっから！　ちょっとは変われよ！　勇気出せよ！　私がどんな気持ちで毎回一一〇番してたか、あんたにわかるのか！」

「えっ……？」

僕らの周囲だけ時間が止まった。

自分がなにを口走ったのか気づいたように、ミキさんが口を手で覆う。

「帰る」

荷物を手にして席を立ったミキさんが、早足で店を出て行く。

「ごめん。後で連絡する」

和田さんは顔の前に手刀を立て、ミキさんを追いかけた。

その日の夜、約束通り和田さんから電話があった。

『今日は悪かったね』

「いいえ。こちらこそ」

なんと続けていいのか迷う。「悪かった」だろうか。それとも「ごめんなさい」なのか。

ちょうど風呂《ふろ》上がりのタイミングだった。僕はTシャツに短パンという軽装で、タオルを首にかけて自室のベッドの上にあぐらをかいている。

『驚いたかい』

「ええ。まあ……っていうか、知ってたんですか」

ミキさんは元迷惑通報者だ。最初は勤務先のスナックで起きた客同士の喧嘩《けんか》がきっかけで一一〇番通報してきたのだが、そのとき対応した僕の声をいたく気に入り、用もないのに一一〇番してくるようになった。そしてついに県警本部まで押しかけてきて、リアルでも知り合いになった。

僕は迷惑がって困ったふりをしながらも、実際にはまんざらでもなかった。ミキさんのような魅力的な女性に言い寄られて、心から迷惑する男性は少ないと思う。けれど気を持たせたまま宙ぶらりんの状態ではあまりに失礼だと考え、ミキさんにお付き合いできない旨を伝えた。

ところが、ミキさんからは予想外の反応が返ってきた。

――そうなの？　なにかと思ったら、そういう話？　そんなのいいの。気にしないで。そんなことより、和田さんって彼女いるの？

思い上がっていた。僕に好意を寄せてくれていると思っていたミキさんの本命は、実は和田さんだった。

そのはずだったのに。

『あれがミキちゃんのやさしさってことだよ』

ファストフード店を出たときから、ミキさんの最後の発言の意味を、ずっと考えていた。

ミキさんは、僕に好意を寄せてくれていた。僕からつれなくされながらも、気づかないふりで道化を演じていた。けれど、いよいよ僕からはっきりふられそうになった。和田さんの名前を挙げたのは、僕に罪悪感を抱かせないための気遣いだったのだ。いちばんつらいのは自分なのに、ミキさんは僕のことを気遣った。

「和田さんは、いつ、そのことを……？」

『わりと最初のころから知ってたよ。あんなに早乙女くんにお熱だった女の子が、急におれのことを好きって言い出すのはおかしいじゃない。だから、二回目……だったかな、食事に行ったときに訊《き》いたんだ、おれのこと好きなふりしてるの、早乙女くんのためだよね……って。ミキちゃんから謝られた』

そんなに前から。愕然《がくぜん》とした。

「それなら、いまミキさんと連絡を取り合っているのは、友達として……？」

『いや、まだちゃんと付き合ってはいないけど、おれは真剣に考えてる。ミキちゃんにも、早乙女くんの代わりとしてではなく、一人の男として見て欲しい、だからあらためて一対一で向き合ってみないかって提案した。彼女はオーケーしてくれたよ。そういうわけで、いまはお互いを見極めるお試し期間ってところかな』

「いいんですか」

『なにが？』

「だってミキさんは最初、和田さんのことを――」

『かまわないよ』声をかぶせられた。

『おれは早乙女くんに罪悪感を抱かせないためのカムフラージュだった。昼間の感情的になった様子を見る限り、ミキちゃんには、もしかしたらいまも早乙女くんへの未練が残ってるかもしれない。でも彼女はいま、おれと過ごすのを選んでくれている。人間の気持ちなんて自分ですらよくわからないんだから、なにを考えてるのか、本心はどうなのか、なんて勘ぐったところでしかたないよ。疑心暗鬼になるだけさ。だから内側を探ろうとは思わない。外に見えている部分、彼女がおれに見せようとしている部分だけを信じる。その結果裏切られたら……しかたがない。おれの努力が足りないのか、見る目がなかったのかってところじゃないかな』

和田さんはいつもの軽い口調だが、僕は圧倒されていた。

和田さんすごい。懐が深すぎる。かっこいい。そりゃモテるわ。

それに比べて、僕ときたら……。

『ちょっと真面目に語っちゃったな。ごめん。うざかったよね』

「そんなことないです」

『とにかくミキちゃんとしては、恋敵が現れたぐらいで早乙女くんがいぶきちゃんを諦《あきら》めてしまったら、自分はなんのために身を引いたんだ……ってことになる。だから余計に、早乙女くんの態度に腹が立ったんだと思う』

「よくわかりました」

『それに御厨は、本来は恋敵ですらない。ただの元彼だ』

その通りだ。過去に付き合っていたとしても、御厨さんとの関係はとっくに終わっている。気にする必要はない。

いまを……いまだけを見るべきだ。

2

「――くん。早乙女くん？」

細谷さんに肩を叩《たた》かれて、僕は我に返った。

「はい。なんでしょう」

「なにか用があるわけじゃないけど、大丈夫？　ボーッとしてため息ばっかりついてるけど。どこか具合悪いんじゃないの」

「すみません」

「別に謝らなくてもいいんだけど、大丈夫なの？」

「大丈夫です。ちょっと疲れてるのかな」

あはは、と愛想笑いもすぐに萎《しぼ》んだ。

ちらりと左に視線を滑らせる。無人の四番台。いぶき先輩はいま、昼休憩に入っている。

過去は関係ない。いまだけを見るべきだ。昨夜はたしかに自分に言い聞かせたのだけど、人間そう簡単に変われるものではない。油断するとすぐに御厨さんの顔が浮かんでしまう。

二人はどれぐらい付き合ったのだろう。最後は愛情が冷めたのかもしれないけど、付き合い始めはそれなりにラブラブだったに違いない。いぶき先輩は好きな人にどんな顔を見せるんだろう。二人で将来設計について話し合ったこともあるのだろうか。どんな家に住みたいとか、子どもは何人ほしいとか。

考えないように意識するほど、おかしな方向に妄想が膨らんでしまう。

細谷さんが床を蹴《け》り、椅子ごとこちらに近づいてきた。

「ところで最近、どうなの」

「どうって？」

本当はなにを訊かれたのか、わかっていた。

「君野さんと上手《うま》くいってるの」やっぱり。

「別に揉《も》めたりはしてないですけど」

「そうじゃなくて」と細谷さんが手を振る。

「まだ告白してなかったの」

単刀直入すぎて固まってしまった。

細谷さんは続ける。

「だってこの前来てたあの男の人。三課のミジンコだっけ」

「御厨さんです」

たぶんわざと間違えたに違いない。

「御厨か。あの人、君野さんの同期なんでしょう。なんかちょっと、訳ありな雰囲気じゃなかった？」

「そうですか」

語尾を疑問形に持ち上げたものの、細谷さんにもあの二人の関係はただならぬものに見えたのかと、胸の内が波立っていた。

「そうよ。男のほうはやたら親しげだったし、逆に君野さんのほうはすごくよそよそしかったし、あれはなにかあるわね。間違いない」

細谷さんが窮屈そうに腕を組みながら頷《うなず》く。

「なにかって……なんですか」

ううむ、と重々しい唸《うな》りの後で細谷さんの喉《のど》から絞り出されたのは、なぜかひそひそ声だった。

「身体の関係」

後頭部を殴られたような衝撃に、視界が揺れる。

驚くようなことではない。元恋人同士であれば当然だ。だがあらためて言葉にされたことに加え、二人が元恋人同士であることを知らない細谷さんにまで伝わるような、濃密な空気が存在したという事実に言葉を失った。

大ダメージで瀕死《ひんし》の僕に、細谷さんがとどめを刺そうとするかのような分析を披露する。

「御厨さんがやたら親しげだったのは、君野さんが自分のものだっていう周囲へのアピールだと思うの。かたや君野さんは公私をきちんと分けたいから、過度によそよそしくなってしまう。きっとそんなところじゃないかしら」

「そそ、そうかなあ。僕はそうは思わないけど」

「付き合ってるかどうかはわからない。でも身体の関係はあるわね」

いまにも気を失って倒れそうだ。

「そんなふしだらなこと、いぶき先輩に限って」

「私もそうは思うんだけど、君野さんのぜんぶを知ってるわけじゃないからね。たとえば酔っ払った勢いとかでつい……なんてこともあるかもしれない」

「もしかして、細谷さんにもそんな経験があるんですか」

「どうかしらね」

細谷さんは唇の横に人差し指を立て、意味ありげに笑った。

「楽しそうですね」

ふいに声がして顔を上げると、いぶき先輩が立っていた。

「いぶき先輩、どうしてここに？」

驚きのあまり声が裏返る。

「お昼休みが終わったからに決まっています」

いぶき先輩はいぶかしげに眉《まゆ》をひそめ、四番台の椅子を引いた。

「なんの話をしていたのですか」

とくに怒っている様子はないので、たぶん会話を聞かれてはいない。大丈夫だ。

なのに細谷さんが余計なことを口走る。

「完璧《かんぺき》に見える君野さんだけど、過ちを犯したことはあるのかな……って話」

「私の話ですか」

いぶき先輩が僕を見る目には、責めるような色があった。そりゃ、いないところで噂話されたら、いい気はしないよな。

けれど細谷さんは堂々としたものだ。

「早乙女くんが君野さんをあまりに神聖視するものだから、少しは幻想を破壊してお
いてあげないと息苦しいでしょう」

「それで私の悪口を言ってたんですか」

いぶき先輩はあきれた様子で鼻を鳴らした。

「悪口ってわけじゃないわよ。君野さんだって人間なんだから、お酒で記憶がなくな
ったりとか、それぐらいの失敗はあるんじゃないのって話していたの」

「まあ、それぐらいなら……」

「ほらね。あるって」

細谷さんはいたずらっぽく僕を見てから、さらに踏み込んだ。

「それじゃ、ワンナイトラブは？」

言葉の意味を理解しようとするような間を挟んで、いぶき先輩が目を丸くする。

「そんなのありません」

「本当に？」

細谷さんが疑わしげな横目を向ける。いぶき先輩は大きく手を振って否定しながら、顔がみるみる赤く染まった。

「あるわけないです」

「よかったわね、早乙女くん。この様子じゃシロみたい」

細谷さんが少ししらけたような顔で僕を見る。

僕はどう反応していいのかわからずに、頬の筋肉を不自然に動かしただけだった。

「ちなみにだけど、私はあるわよ」

細谷さんの突然のカミングアウトに、いぶき先輩はきょとんとし、僕は細谷さんを二度見した。「それがいまの旦那《だんな》」

「それっておかしくないですか。だってワンナイトって……」

僕がワンナイトの意味を履き違えているのだろうか。

「ワンナイトだったの。でも、その一回が大当たりで上の子ができちゃった。さすがに産むのは無理かなって思って、相手の男に相談したら、結婚して一緒に育てようって言ってくれた。だから結婚したの」

「そのとき旦那さんとは、お付き合いしてなかったんですか」

呆気《あっけ》にとられたせいで間抜けな声が出た。

「付き合ってたらワンナイトって言わないでしょう。クラブでの遊び仲間の一人で、あだ名で呼んでたから本名すら知らなかったわよ」

細谷さんがわははは、と豪快に笑う。

そんなことあるんだ。できちゃった婚どころか、本名すら知らない相手と。

一般的なプロセスとはかなり異なるが、細谷さんの指令台には家族写真が飾ってある。いつも家族の話をしているし、とても幸せそうだ。

「さて、そろそろお昼行かせてもらおうかな」

場の空気をかき乱すだけかき乱して満足したのか、細谷さんはすっきりした顔で通信指令室を出て行った。

細谷さんの落とした爆弾の余韻で、僕といぶき先輩の間には少し気まずい空気が漂っている。

「すごい話、聞いちゃいましたね。でもたしか、学生のころはモデルの真似事やってたって言ってたもんな。ブイブイいわせてたんだ」

肝っ玉母さんという言葉がぴったりのいまの雰囲気からは、まったく想像がつかない。でも本名も知らない男性と関係を持った末に結婚するのは肝が据わっているともいえるから、細谷さんらしいのだろうか。人に歴史ありだ。

いぶき先輩は言葉が出てこない様子で、ただ頷いていた。

その結果、ふたたび沈黙が訪れる。

ほかの一一〇番受理台には入電し、応答する音声や電子音で騒々しいため、僕ら二人の指令台だけ見えない壁で隔てられたようだった。

通報が入電してくれれば気まずさから逃れられるのに、こんなときに限って警告灯はうんともすんとも言わない。

僕は意味もなく咳払《せきばら》いをした。

さて、と、意味もなく指令台の上の筆記具を整理してみるが、そもそもそんなに散らかっていない。

いたたまれなくなり、いぶき先輩にどうでもいい質問をした。

「今日はやらないんですか、クロスワード」

いぶき先輩は待機中、いつもクロスワードパズルの雑誌を開いている。僕がいぶき先輩を思い出すとき、真っ先に思い浮かぶのはクロスワードパズルを解いている真剣な横顔だ。それなのに、いまは所在なげに周囲を見回している。いたたまれなさの最大の原因は、これかもしれない。

「最新号は全部解いてしまったのです。次の発売日まで待たないといけません」

いぶき先輩は抽斗《ひきだし》から雑誌を取り出し、パラパラとめくってみせた。見えたのは一瞬だけど、すべてのマスにびっしりと文字が書き込まれている。

「すごいですね。次の発売日はいつなんですか」

「隔月刊なので二か月先です」

ふうん、と適当な返事をしてから、はっとした。

「隔月刊って二か月に一回ってことですよね」

「はい」

「ってことは、その雑誌は発売されたばかりなんですか」

「三日前に買ってきました」

開いた口が塞《ふさ》がらない。

三日で一冊を解いたのではない。三日のうちの当直勤務の間に、一冊を解いたのだ。

三班が二十四時間交替なので、当直勤務は一回だ。

「今月は問題が簡単すぎました」

「それにしても解くの早すぎじゃないですか」

〈万里眼〉はいまだ成長途上なのだろうか。末恐ろしい。

いぶき先輩が残念そうに唇を曲げ、雑誌を抽斗にしまう。

「次の発売日まで長いし、ほかの雑誌を買ってこないといけませんね」

僕の言葉に、いぶき先輩はかぶりを振った。

「ほかの雑誌じゃダメです」

「でも、似たような雑誌はたくさんありますよ」

「フォーマットは同じでも、問題作成者が異なります。パズルには問題作成者のセンスが表れます。ほかの雑誌では、ダメなんです」

「そういうものなんですか」

やっぱりちょっと変わったところあるんだよな、この人。意外と頑固だし。

「ところで」と、今度はいぶき先輩から話題を変えた。

「どうして私の噂話をしていたのですか」

「えっ」と言ったきり、絶句してしまった。これでは後ろめたい事情があると自白しているようなものじゃないか。

いぶき先輩が疑念に目を細める。

「どうしたのですか。なにか話せないことでも？」

先輩の顔が大きくなったと思ったら、物理的に顔を近づけられていた。圧に負けた僕は後ろにのけぞる。

脳裏に御厨さんの顔がよぎった。僕には和田さんみたいな、なにも訊《き》かずに相手を受け入れるほどの度量はない。でも陰であれこれ噂されたり、邪推を巡らされたりするよりは、面と向かって質問されたほうがいいはずだ。

深く息を吸い込み、思い切って前のめりになる。

「それなら訊かせてもらいますが」

いぶき先輩を押し返すことに成功した。彼女が正面から強い風を浴びたような顔でのけぞる。

「なんですか」

「三課の御厨さんと付き合っていたというのは、本当ですか」

先輩の真っ白な顔に、わずかな青みが加わった。

ああ、本当なんだと、内心で落胆する。

「誰が、そんなことを……？」

「御厨さん本人です」

「あの人、なぜ早乙女くんにそんなことを……」

いぶき先輩は遠くにいる御厨さんを咎《とが》めるように顔を歪《ゆが》めた。

「僕は……知ることができてよかったと思っています」

僕を見る先輩のまぶたが、意外そうに見開かれる。

「正直、最初は驚いたし……もっといえば嫉妬《しっと》しました。御厨さんは僕の知らないいぶき先輩をたくさん知っている。僕は先輩のことを知っているようで、実はほとんど知らない。その事実を突きつけられたようで、悲しくて、悔しくて、たまりませんでした。僕の知らないいぶき先輩を、別の誰かはよく知っていて、いぶき先輩はその誰かと僕の知らないいろんな話をしていて、僕の知らない表情を見せていて……そう考えると、夜も眠れませんでした。でもいくら悔しくても、過去を変えることはできなくて、どうあがいても僕は、いぶき先輩と過去をともに過ごすことはできないんです。だからそんなことをくよくよ考えるのは無意味だと気づきました。大事なのはその人を独り占めにすることじゃなく、その人をまるごと受け入れることです。だから、知りたいんです。知った上で、受け入れたい」

「早乙女くん……」

先輩の潤んだ瞳《ひとみ》と見つめ合っていると、横から和田さんの声がして飛び上がった。

「すごいね、早乙女くん」

「なにがですか」

いつの間にここにいたんだ。驚きの余韻でまだ心臓がバクバクしている。

「いま、自分がいぶきちゃんになにを言ったか、気づいてる？」

指摘されて、自分の発言を反芻《はんすう》してみた。

そして顔が熱くなった。

意地悪そうな上目遣いで覗《のぞ》き込んでくる和田さんの顔には、こう書いてあった。

「気づいた？」

――早乙女くんはいま、がっつり愛の告白をしていたよ。

間違いない。好きだとか愛してるだとかは言っていないけど、あなたのすべてを知った上で受け入れたいだなんて、完全に愛の告白じゃないか。

いぶき先輩も気づいたらしく、ゆでだこのような顔色になっている。

「えと、えっと、えーっと……」

なにも言葉が出てこない。いまの発言を誤魔化す言い訳が見つからない。

どうすればいい。どうすれば……。

そのとき、タイミングよく緑色に光った警告灯のブザーが救いの福音に聞こえた。

「Z県警一一〇番です。事件ですか。事故ですか」

『早乙女？　僕だよ。海斗』

小学校四年生からの迷惑通報。

感謝していいのか悪いのか。

3

僕はヘッドセットのマイクを直し、相手に聞こえるように大きなため息をついた。

「海斗くん。用もないのに一一〇番に電話しちゃダメだって言ったよね」

『用ならあるよ。すごく大事な……用』

語尾が力なく萎《しぼ》む。

やっぱり用なんてないんじゃないか。思ったが、頭ごなしに叱るわけにもいかない。僕はつとめて柔らかい声を出した。

「それなら話してごらん。どんな大事な用なのか」

しばらく言いよどんでいた海斗くんだったが、やがておずおずと話し始めた。快活な印象の彼らしくない口ぶりだ。

本当に深刻な状況かもしれないぞ、と身構えたのだが。

『好きな子に、告白しようと思って』

盛大なため息が漏れる。

「海斗くん」

『早乙女、言ったよね。好きなら好きって、はっきり伝えなきゃダメだって』

「それはもともと海斗くんが言ったんだよ」

言いながら、さっきまでの状況を思い出して耳が熱くなる。

『うん。だけど、早乙女も、その言葉をそのまま返すって言ってくれた』

「それは、まあ」その通りだけど。

さっきまでの自分の言動がよみがえって、顔から火を噴きそうになる。けれど結果的に、僕は海斗くんへの助言を体現したことになるわけか。

『だから、思い切って告白しようと思ったんだ』

「海斗くん」僕は諭す口調になった。

「それは海斗くんにとっては、大事な用かもしれない。それは認める。好きな人に想いを伝えるっていうのは、その人にとってとても大きな出来事だ。だけど、警察に電話するような用事じゃない。一一〇番は、本当に困っている人のためにあるんだ。いますぐに警察官が駆けつけないといけないような、緊急事態のためにね」

『緊急事態だよ』

「海斗くんにとってそうなのはわかるよ。でも海斗くんの言う大事な用や緊急事態は、ほかの人にとっても同じじゃない」

『違うんだ』

「違わないよ。警察もできる限りすべての通報に対応できるように頑張ってるけど、限界はある。たくさんの人が同時に電話をかけてきたら、対応しきれなくなるんだ。一一〇番がつながらなかったり、待たされたりすることで、もしかしたらすごく深刻な事態に陥る人がいるかもしれないし、中には、そんなことは起こって欲しくないけど、命を落としてしまうケースも――」

声をかぶせられた。

『万引きするところを見た！』

隣でいぶき先輩が反応するのが、視界の端に映った。

和田さんは指令台越しに様子をうかがいながら顎《あご》を撫《な》でている。

「万引き？」

『そうだよ。この目で見た。万引きした人を見たから警察に電話するのは、間違っていないよね』

「うん」万引きなんていう言い方をすると軽い響きになるが、実態は窃盗であり、立派な犯罪だ。一一〇番通報した海斗くんの対応は間違っていない。

ただ、好きな子に告白する話をしていたような？

万引きを目撃したことと、なにか関係があるのだろうか。

『だから話を聞いて』

「わかった」

ひとまず話を聞いてから判断しようと思ったが『僕が好きな女の子は、マイカちゃんといって』と切り出されたので、思わず遮った。

「ちょっと待って。その話と万引きって、なにか関係あるの」

『あるよ。だって万引きしたの、マイカちゃんだから』

喉《のど》の奥に異物が詰まるような感覚があった。

つまり海斗くんは、好きな女の子の犯罪を告発しようとしているのか。通報するには勇気が必要だったろうし、かなりの葛藤《かっとう》もあったはずだ。

これは腰を据えて話を聞かないと。

僕は椅子を引いて座り直した。

「僕が悪かった。詳しく話を聞かせてくれないかな」

事案端末にタッチペンをかまえながら、地図システム端末画面に視線を滑らせる。

発信地点は市の西部にあるショッピングセンター〈ダイナ〉の中にある公衆電話。近くにできた大型ショッピングモールに客を奪われたせいで、最近ではいっそう寂れた印象の強い、古くからある商業施設だ。

「いま〈ダイナ〉にいるよね」

『よくわかったね』

海斗くんは驚いたようだ。

「マイカちゃんは〈ダイナ〉の商品を万引きしたの」

『そう。洋服売り場の売り物の洋服を持ってトイレに入って、出てきたときには違う服装になってた』

「精算済みの商品だった可能性は?」

『精算済みって、レジでお金を払ったってことだよね。それはない。ずっと見てたから』

相手は好きな女の子だし、不審な行動をとっていたというのもあるだろうけど、女の子がトイレに入ってから出てくるまでずっと待っているなんて、大人がやったらそっちのほうが通報されそうだな。

「いま、マイカちゃんはどこに？」

『駐車場のベンチで休憩してる』

ガサゴソという物音は、受話器を手にしたまま駐車場を確認しようとしているのだろう。

声が戻ってきた。

『いなくなってる！　どうしよう。追いかけたほうがいいかな』

「いや。追いかけなくていい。同級生だから、マイカちゃんのことはわかってるよね」

『同級生じゃないよ』

意外な展開だった。

「違うの？」

小学生の恋愛話だから勝手に相手はクラスメイトだと決めつけていたけど、そういえば海斗くんはそんなことは一言も口にしていない。

『同級生はショウセイのほう。ミズヌマショウセイ。マイカちゃんはショウセイの姉ちゃん』

マイカちゃんはクラスメイトの姉のようだ。そういえば海斗くんは、マイカちゃんをすらっと背が高くてモデルみたいだとか、自分よりも背が高いと言っていた。女の子だから成長が早いのではなく、たんに年齢が上だったのだ。

「マイカちゃんはいくつなの」

『いくつかは知らないけど、中学生。中学二年生』

中二の女の子に恋をするなんて、だいぶませてるな。さらには告白しようと近づくなんて、勇気あるな。

ともあれクラスメイトのお姉さんであれば、身元ははっきりしている。小学生に追跡させるのは危険だし、このまま話を聞こう。

「マイカちゃんが万引きしたのは、間違いないんだよね？」

『間違いない。この目ではっきり見た』

なぜ好きな子の万引きを目撃することになったのか、海斗くんは経緯を話し始めた。

海斗くんは僕の言葉に——僕としては、そんなつもりはまったくなかったのだけど——背中を押され、ついに憧《あこが》れのマイカちゃんへの告白を決意し、彼女の自宅へと向かった。

自宅の玄関前までやってきたものの、インターフォンの呼び出しボタンを押すことができない。なにしろそこは、クラスメイトのショウセイくんの住まいでもある。

姉弟の両親だって、インターフォンのカメラに写る海斗くんの姿を見れば、息子と遊ぶために訪ねてきたと思うだろう。まさか姉のほうに用があるとは、予想もしない。

そう考えると海斗くんの行動は、とんでもなく勇気がある。家の前に行っただけでもたいしたものだ。

インターフォンを前に躊躇《ちゅうちょ》するうちに、玄関扉が開いてマイカちゃんが出てきた。とっさに物陰に隠れてやり過ごした海斗くんは、千載一遇のチャンスだと考える。マイカちゃんの跡をつけながら頃合いを見計らって声をかけ、告白しようと考えた。

だがいざ告白の段になると、一歩を踏み出すことができない。その心理は、僕にも痛いほどわかる。

結局ただ跡をつけるだけのストーカー状態になり、マイカちゃんに続いて〈ダイナ〉に入っていった。

マイカちゃんはアクセサリーや洋服などを物色していた。新しくできたショッピングモールだとお店ごとにはっきり区分けされているので、レディースのお店の様子をうかがうことは難しいが、〈ダイナ〉は昭和の時代に作られたショッピングセンターだ。メンズとレディースの売り場は分かれているものの、最近のモールほどはっきりと分かれていない。メンズ用品や文房具の売り場からでも、商品を物色するマイカちゃんの姿が確認できた。海斗くんは遠くからマイカちゃんを見つめていた。

だがしばらくしてからふいに、マイカちゃんが周囲を気にする素振りを見せ始めた。それまでは普通に買い物を楽しんでいるようだったのに、遠くから見ている海斗くんからも変化がわかるほど、そわそわと落ち着きがなくなったという。

マイカちゃんはハンガーや商品棚からいくつかの商品を取り、歩き出した。できればその先が試着室であって欲しい。海斗くんはそう願ったが、彼女は試着室の前を素通りした。

万引きだ。そう直感した海斗くんは、マイカちゃんの後を追った。弟の同級生の姿を見せれば、犯行を思い留《とど》まってくれるかもしれないと期待したのだ。

ところが海斗くんは床に滑って転倒してしまう。マイカちゃんが商品を物色していたあたりの床が、濡《ぬ》れて滑りやすくなっていた。

海斗くんが立ち上がったときには、マイカちゃんはトイレに入っていくところだった。さすがにトイレの中まで追いかけるわけにはいかず、遠くからマイカちゃんが出てくるのを待つことにした。

マイカちゃんは三十分近くもトイレにこもっていた。

体調が悪いのではないか。個室内で倒れていたりしないか。だがトイレに入った少女がいつまでも出てこないので様子を見て欲しいなどと、店員に頼めない。そりゃそうだ。つくづく思うけど、海斗くんの行動は子どもだからまだ許されるというだけで、大人だったら即通報案件ばかりだ。

どうすべきか、恥を忍んで店員に声をかけるべきかとやきもきしていると、マイカちゃんがトイレから出てきた。その姿を見て、海斗くんは衝撃を受けた。トイレに入る前とは、服装がまったく違っていたからだった。

捕まえるべきだと思ったが、海斗くんにはできなかった。なにしろついさっきまで告白をしようとしていた相手だ。万引きが悪いことだとわかっていても、自分が捕まえることで、マイカちゃんの人生を変えてしまうかもしれない。

憧れのお姉さんだった彼女への見方すら変わってしまったのか。トイレから出てきた後のマイカちゃんは、海斗くんには人相すら違って見えたという。

声をかけることも、自分の手で捕まえることもできないまま、海斗くんはマイカちゃんの尾行を再開した。

〈ダイナ〉を出たマイカちゃんは駐車場に置かれたベンチに座り、休憩し始めた。建物の中からその様子を見ていた海斗くんは、すぐそばに公衆電話があるのに気づいた。本来はお金を入れないと電話できないが、警察と消防にだけは、お金を入れなくてもつながるという話は、小学校での防犯指導で聞いていた。

好きな女の子を犯罪者にはしたくない。

けれども、犯罪を見逃すこともできない。

そんな激しい葛藤《かっとう》の中で、海斗くんは受話器を手にしたのだった。

『僕、どうすればいいかな。万引きはわるいことだよね。電話してよかったんだよね』

電話口の声が震えている。

海斗くんの心中を想像すると、胸が張り裂けそうだ。

だからあえて力強く断言する。

「間違っていない。海斗くんのしたことは正しい。通報してくれてありがとう」

とはいえ、海斗くんの証言だけでマイカちゃんの身柄を拘束することもできない。まずはお店の人に事情を説明し、被害状況を確認の上、被害届を提出してもらわなくては。

僕は背後を振り向き、一本指を立てて合図を送った。

二列後ろにいる無線指令台担当者が、指でOKサインを作る。「発信地点にパトカー一台お願いします」「了解」というやりとりだ。

地図システム端末画面上で、ショッピングセンターの近くにいたパトカーが動き出した。この距離だと、せいぜい二分で現着するだろう。

「海斗くん」

『なに』海斗くんは半泣きになっていた。これまで堪《こら》えてきた感情があふれ出したのだろう。葛藤の末、勇気を振り絞って電話してきたのだ。それなのに最初はつれない対応をして申し訳ない。

「もうすぐおまわりさんがそっちに行くから、そこで待ってて。おまわりさんにいろいろ訊《き》かれると思うけど、いま僕に話したみたいに、海斗くんが見たことを説明して欲しい。できるよね」

『うん。できる』

「よし。えらい。あと少しだけ頑張って」

『わかった』

いまにも泣き出しそうだった海斗くんの声に芯《しん》が戻った。社会科見学の集団から抜け出して勝手に庁舎内を探検したり、僕にもタメ口で接してきたりと、やんちゃで手に負えないところはあるけど、根は真面目で正義感の強い子なのだろう。

ううん、と和田さんの小さな唸《うな》り声がした。

「どうしたんですか」

僕はマイクを手で覆いながら訊《たず》ねる。

「おかしいと思わないかい」

「なにがですか」

「万引きした少女が、しばらく外のベンチで休憩していた、というところです」

答えたのは和田さんでなく、いぶき先輩だった。

「そう。いぶきちゃんの言う通りだ。トイレに持ち込んだ未精算の商品を身につけ、最初から自分のものだったように見せかける手口は、けっして珍しいものじゃない。全身盗んだ商品に着替えるっていうのは、かなり大胆ではあるけどね。ただいくら大胆な性格であっても、万引きがバレていないか、無事に逃げられるのか、かなりドキドキしながら犯行に及んだはずだ。一刻も早く現場から立ち去りたいというのが、一般的な犯人の心理だろう」

ようやく僕も違和感に気づいた。

「そうか。たしかにその通りですね。店から外に出るまでは、怪しまれないためにあえてゆっくり歩いたりするかもしれないけど、店を一歩出たら、早足になってしまいそうなものですね」

僕が万引き犯の立場なら、店を出た瞬間に走り出してしまうかもしれない。それなのにマイカちゃんは、駐車場のベンチで休憩している。万引き犯にしては余裕があり過ぎる。

「常習犯……ってことですかね。万引きに慣れすぎて、まったくドキドキしなくなったとか」

思いつきを口にしてみたが、和田さんには首をひねられた。

「ないとは言わないけど、そこまで慣れきってしまったら、もう万引きなんかしないんじゃないかな」

万引き犯の中には、生活に困って犯行に及ぶ者もいれば、見つかるかもしれないというスリルを楽しむために犯行に及ぶ者もいるという。話を聞く限りだとマイカちゃんは困窮しているようでもないから、後者の可能性が高いだろう。それなのにスリルを感じなくなったら、もはや万引きする意味がない。

和田さんが言いにくそうに顔をしかめ、こめかみをかく。

「ほかに考えられる可能性としては、海斗くんが事実と違うことを言っている……とか」

あまり考えたくない可能性だが、ありえないことではない。

「いぶきちゃんはどう思う？」

僕には意見を聞きづらいらしく、和田さんがいぶき先輩を見た。

「天才子役でもない限り、海斗くんが嘘を言っているとは思えません」

ほっと安堵《あんど》の息が漏れる。

「だよね。あと考えられるのは、海斗くんが別人をマイカちゃんと見間違えた。あるいはマイカちゃんがなんらかの工作をして海斗くんに誤認させた」

「そんなことをして、マイカちゃんにはなんの得があるんでしょう」

素朴な疑問だった。

和田さんが腕組みをする。

「そうなんだよね。海斗くんが別人を大好きな女の子と見間違う可能性は低いし、マイカちゃん側がなんらかの工作を行っていたとしたら、海斗くんの尾行に気づいていたことになる。どうもしっくりこない」

「たんに体調が悪くなって休んでいた、という可能性は？」

「万引きを終えて店の外に出た瞬間に、かい？」

「おかしいですかね」

「どうだろう」

「あるいは、万引きに気づいた店員が追ってきていないか確認するためとか」

「店員が追ってきていたら、どうするんだい」

「これから精算するつもりでしたと言い訳するんです」

「トイレで全身着替えちゃってるのに？」

和田さんが鼻を鳴らした。

「そうか。さすがに言い訳は通用しませんよね」

これから精算するつもりでしたという言い訳が通用するのは、せいぜい店を出るまでだ。

そのとき「あっ！」といぶき先輩が声を上げた。

どうしたんですかと訊ねようとしたタイミングで、電話口から『おまわりさん来た』と、海斗くんの声がした。

僕は海斗くんに語りかける。

「どうもありがとう。よく頑張ったね。少し、おまわりさんに替わってくれるかな」

『わかった』

しばらくして、電話口に大人の男の声が聞こえてくる。

『お電話かわりました。L署地域課の内田《うちだ》です』

「本部通信指令課の早乙女――」

ふいに左から細い腕がのびてきた。

『三者』ボタンを押し込むいぶき先輩の指先を見つめながら、僕は思った。

――え。いま？

「通信指令課の君野です」

話し始めた男性通信指令課員を遮るように会話に介入してきたいぶき先輩の声に、内田さんは戸惑ったようだった。

『ああ、はい。L署地域課の――』

「内田さんですよね。万引き犯が入ったというトイレに向かってもらえますか」

『トイレに、ですか』

「そうです。場所はそこにいる竹内海斗くんに聞いてください」

『トイレがどうしたんですか』

「早く！　時間がありません！」

いつになく焦りを帯びた、いぶき先輩の声だった。

『わ、わかりました』

どこのトイレかわかるかな、と、海斗くんに質問する声が聞こえる。

内田さんの声が戻ってきた。

『いったん切ります』

「急いでください」

通話が切れた。

いったいなにが起こったんだ。いぶき先輩はなぜ、現着した警察官にトイレを見に行くよう指示したのか。そしてなぜ、指示を与えるときに取り乱していたのか。

左を見ると、指令台に両肘《りょうひじ》をついたいぶき先輩が、両手を重ねて目を閉じていた。祈るようなポーズだと思ったが、よく聞くと「お願いお願いお願い」と小声で繰り返しているので、本当に祈っているようだ。ただならぬ雰囲気を全身から発散していて、とても声をかけられる雰囲気ではない。

わけがわからない。

だがふと視線を落とした瞬間、いぶき先輩の焦りの原因がわかった。

事案端末に、いぶき先輩が後列の指令台に伝えた指示が表示されていた。

そういうことか。

そして僕も、いぶき先輩と同じように祈った。

頼む。無事でいてくれ——。

事案端末には特徴的な右上がりの文字でこう記されていた。

——消防にＴＥＬ　トイレに新生児置き去り。

4

ふいに意識が遠くなり、水沼舞香《みずぬままいか》はそばにある電柱にもたれかかった。

電柱に額をつけながら回復を待ったが、身体は重くなるいっぽうだ。全身に鉛をくくりつけられたようで、気を抜けばその場に崩れ落ちてしまいそうだった。

「あなた、大丈夫？」

通りかかった白髪の女に声をかけられた。舞香の祖母と変わらないぐらいの年代に見えるから、六十歳ぐらいか。

「大丈夫……です」

答える声に乱れた息が混ざっていて、これじゃまったく大丈夫に聞こえないと思う。

案の定、白髪の女は余計心配そうな顔になった。

「大丈夫ってあなた、顔じゅう汗びっしょりじゃないの。顔色だって悪いし、呼吸も苦しそう。立ってるのもつらそうだし」

「平気」

少なくとも病気ではない。

ただ、赤ちゃんを産んだばかりで疲弊しているだけだ。

そんな説明ができるはずもない。

「救急車呼びましょうか」と、白髪の女がスマートフォンを取り出したので、全力を振り絞って逃げた。

「待って！　どこに行くの！」

声を振り切り、懸命に走る。もう一人がお腹の中にいたさっきまでより身体は軽い。だがすぐに息が切れ始め、情けないことに脚までもつれ出した。

それでも必死で走ってお節介な女の気配がなくなったとき、舞香は公園の前に立っていた。住宅街の中にある、滑り台と鉄棒ぐらいしかない小さな公園だ。親子連れが何組か訪れていた。親同士が談笑しており、その周囲を、子どもたちが楽しげに走り回っている。

公園の隅に空いているベンチを見つけたので、舞香は車止めを乗り越えて公園に足を踏み入れた。

ベンチに腰掛け、横になりたがる身体を懸命に叱咤《しった》する。

走り回る子どもたちは、いくつぐらいだろう。三、四歳といったところだろうか。

私が産んだ赤ちゃんも、あんなふうに元気に走り回れるようになったのかな。

そんな考えが脳裏をよぎり、大きくかぶりを振る。

ありえない。中学二年生の自分が母親になるなんて、できるわけがない。

舞香は妊娠を両親に告げていなかった。つわりはほとんどなかったし、体形の変化も、ちょうどお腹が出てきたタイミングで制服が夏服から冬服に切り替わったし、プライベートではゆったりしたシルエットの服で誤魔化せた。母から「少し太った？」と指摘されたときにはぎくりとしたものの、「思春期にはちょっとふっくらしてるぐらいのほうが健康的なのよ」と一人で解決され、拍子抜けした。自分の娘が妊娠している可能性など、まったく考えていないからだろう。いつかバレるのではないかとひやひやしながら過ごしたのに、最後まで気づかれなかった。

だが産みたかったのかといえば、そうでもない。予想外の事態にどうしていいのかわからず、手をこまねいているうちにお腹がみるみる大きくなってしまった、というかバレるのではないかとビクビク過ごしながらも、いつか打ち明けなければならないとも考えていた。本心では、打ち明けなくともいつかバレると開き直っていた部分があった。自分の娘の静かな、しかし大きな変化を、両親が見落とすわけがないと。

もしも気づかれていたら。

舞香、もしかして妊娠してるんじゃないのと問い詰められていたら、どうなっただろう。父は烈火のごとく怒っただろう。ほとんどそんな記憶はないが、殴られたかもしれない。母はきっと泣くだろう。想像がつく。

居間のテーブルを挟んで両親と向き合い、がっくりとうなだれたまま嵐が過ぎ去るのを待つのだ。友達と遊び歩いて門限を破った、あの夜のように。妊娠は門限破りどころじゃない一大事だから、あれ以上だろう。考えるだけで気が重くなる。

けれど、嵐が過ぎ去ったら。

両親とも、一生涯怒りっぱなしというわけでもないだろう。まだ義務教育すら終えていない娘を勘当することもできまい。

だとすれば、力になってくれた可能性はある。産むにしろ、堕胎するにしろ、適切な施設で適切な処置を施してもらえるよう、尽力しただろう。

どうなったかは想像もつかない。ただ一つ確実なのは、両親に相談する機会があれば、産まれてきた赤ちゃんの命をあんなかわいそうなかたちで奪う結果にはならなかった。

あの赤ちゃんは死んだのだろうか。まだわからない。

でもきっと死んでいる。

産声一つ上げなかったし、なによりこの世に生を受けてすぐに、母親から置き去りにされたのだ。自分以上に誰かの助けがないと生きていけない存在に、舞香は手を差し伸べることなく、女子トイレの固いタイルの上に置き去りにした。もしあのまま死んでいたら、自分が殺したのも同じだ。

振り返ってみると、断続的に襲ってくるあの痛みは陣痛だったのだ。両親に身体の不調を訴えると、病院に行こうと言い出すかもしれない。舞香は痛みを誤魔化すために外に出た。とくにあてもなかったし、痛みが襲ってきて脂汗が浮いているのを誰かに見とがめられたくなかったので、自宅から徒歩十分ほどの距離にある〈ダイナ〉というショッピングセンターに入った。幼いころは両親に連れて行ってくれとせがんだ大好きな場所だったが、少し離れたところに大型ショッピングモールができてからは、すっかり足が遠のいていた。大型ショッピングモールのほうが広いし有名なブランドのショップも入っているし、映画館も併設されている。近隣住民は皆同じらしく最近の〈ダイナ〉はいつ行っても閑散としていて、閉店も近いのではないかともっぱらの噂だった。

だが人に会いたくない舞香にとって、〈ダイナ〉の寒々しく閑散とした店内は好都合だった。人が少ないせいか空調も必要以上に効いていて、ときおり額に浮き上がる汗を乾かしてくれる。

そうやって痛みをやり過ごしながらいくつかの売り場をひやかしていたが、次第に痛みの訪れる間隔は狭まり、誤魔化すのも難しくなってきた。

そして洋服売り場で、まったくお洒落《しゃれ》だと思えないおばさん臭いデザインの服を見ているときだった。

突然股間《こかん》に湿り気を感じた。

足もとには水たまりが広がっている。

なにかが——いや、なにかではない——生命が、狭い胎内から世界に飛び出そうとする気配を感じた。産まれる。はっきりわかった。

舞香はハンガーから商品の衣類を外した。閉店が近いという噂はおそらく当たっている。それぐらい店員はまばらで、やる気もなさそうだった。

精算前の商品を手に、舞香はそそくさと女性用トイレへと向かった。

個室に入って鍵《かぎ》を閉め、下着をおろすとほぼ同時に、ぬるん、と肌色の物体が落ちてきた。ドラマや映画で見るような、苦しんだり金切り声を上げたりするような出産シーンとのあまりのギャップに、最初はそれがなんなのかわからなかった。

頭があり、胴があり、手があり足がある。紛れもない〈人間〉だった。

だがその小さな〈人間〉は泣かなかった。これもドラマや映画とは違うのだろうか、実際は、生まれたての赤ちゃんは泣かないのだろうか。わからないが、泣かないのは好都合だった。ここで赤ん坊が泣き出してしまったら、いくら人数が少なく、やる気のない店員だって気づくだろう。様子を見に来たら、中学二年生の少女が生まれたばかりの赤ん坊を抱いているのだ。言い逃れしようがない。

舞香は血と羊水で汚れた服を脱ぎ、売り場から持ってきた衣服を身につけた。脱いだ衣服は個室の隅に折り畳み、それをベッド代わりにして赤ん坊を寝かせる。

そして個室を後にした。何人かの客や従業員とすれ違うときには、自分の所業を見透かされている気がして、心臓が口から飛び出しそうだった。誰かが後ろから追いかけてくるような気がした。店を出ようとするときに、手首をつかまれる気がした。

だがそうはならなかった。誰からも見られていないし、誰も気づいていないのだ。

ということは、あの赤ちゃんも、誰からも気づかれずにひっそりと短い一生を終えるのか。

外に出た瞬間、強い日差しに目がくらみ、倒れそうになった。思いのほか体力を消耗しているし、十か月近く抱えてきた重りがなくなって、バランスもとりにくい。

舞香は駐車場のベンチに腰掛けた。身体を休めるためでもあるし、赤ん坊を置いて立ち去ることへの躊躇《ちゅうちょ》からでもあった。

自分ではない、誰かきちんとしたやさしい大人に育ててもらったほうが、あの赤ちゃんも幸せになれるに違いない。

それが責任逃れのための自分に都合のいい逃げ口上だという自覚も、心のどこかにあった。

赤ちゃんは泣き声を上げていなかった。舞香が個室にいる間も人の出入りはなかったし、都合よく見つけてもらえるとは限らない。誰にも見つけてもらえなければ、あのまま死んでしまう。寂れたショッピングセンターの、うっすらと尿の臭いが染みついた固いタイルの上で、誰に抱かれることも見守られることもなく。

戻るか。

いま戻れば、赤ちゃんの命だけは救える。

だが、赤ちゃんを救った後はどうなる。

両親への説明とか、学校のことか、世間体とか、さまざまな問題が持ち上がってくる。少なくとも、中学生の自分一人では対処できない。

結局、舞香は逃げた。その選択がすべてだった。なに不自由ない家庭での安穏とした暮らしを続けるためだけに、赤ん坊を捨てた。放置すれば死ぬかもしれないと、わかっていながら。

目の前を横切ろうとした小さな女の子が、足を止めて引き返してきた。

「どうしたの？　お姉ちゃん。悲しいことがあったの」

指摘されて初めて、自分が泣いているのに気づいた。

平気。悲しいことなんてないよ。

そう言おうとしたのに、後から後から涙があふれて言葉にならない。舞香は顔を両手で覆って、嗚咽《おえつ》した。

「大丈夫だよ。良い子、良い子」

小さな手が頭を撫《な》でてくれる。そのぬくもりが、舞香の心を溶かした。

違う。違う。私はぜんぜん良い子なんかじゃない。

むしろ悪い子だ。悪魔だ。

あの赤ちゃんはこんなふうに慰めてもらうことも、頭を撫でてもらうこともないのに。

舞香は涙を拭《ぬぐ》った。

「どうもありがとう。もう平気」

笑顔を作ると、満足げな笑みが返ってくる。

立ち上がり、公園を出て〈ダイナ〉の方角へと歩き出す。

不思議と先ほどまでの倦怠感《けんたい》は消え、全身に力がみなぎっていた。

〈ダイナ〉の色あせたポールサインが見えてきた。

駐車場に集まったパトカーや救急車を見て怯《ひる》んだが、それも一瞬だけだった。全身から勇気を集めてガラス扉の玄関に向かう足取りは、完全に母親のそれになっていた。

いつも閑散としている店内なのに、どこにこんなに隠れていたのかと驚くほど、店員や客の姿があった。舞香は人垣の隙間を縫うように進んだ。

ふいに、目の前にスーツの男が立ちはだかった。浅黒い肌をして、がっしりした体型をしている。

「もしかして舞香ちゃんかな。水沼舞香ちゃん」

なぜ名前を知っているんだと身構えたが、男の人なつこい笑みには、相手の警戒心を解きほぐすような不思議な力があった。そして少しだけ、赤ちゃんの父親にあたる男に似ていると思った。隣の市の私立高校に通う男子生徒で、妊娠したかもしれないとメッセージを送って以来、連絡がとれなくなった。

「はい……」

あなたは誰ですかという感じで、首をかしげる。

男は懐から手帳を取り出した。

「Z県警本部捜査一課の和田といいます。警察です」

呼吸が止まりそうになった。

だがもう逃げない。

「赤ちゃんは？」

「トイレで見つかった赤ちゃんは、きみが産んだんだね」

「そうです」

私が産んだ。そして我が身かわいさに置き去りにした。

「警察が発見したとき、赤ちゃんは呼吸できていなかった」

視界に暗幕がおりた。

こんなものだろうと都合よく解釈していたが、やはり産声を上げないのはおかしかったのだ。

赤ちゃんは死んだ。

私が、殺した――。

すべて終わった。そう思ったが、和田の話には続きがあった。

「でも駆けつけた救急隊が羊水を吸い出したら、元気に泣き出したよ。ただ念のために検査したほうがいいということで、救急車で病院に搬送された。いまはもう、ここにはいない」

舞香はその場に崩れ落ちた。

「おっと、大丈夫かい」

倒れ込む寸前で、和田に頭を支えられる。覗《のぞ》き込んでくる和田の顔が、涙で滲《にじ》んだ視界の中で揺れている。

「よかった。よかった」

しみじみと呟《つぶや》いた。

「よく戻ってきたね」

「だって、お母さんだから」

「そう。きみはお母さんになったんだ。おめでとう」

おめでとう。

そんな言葉をかけてもらえるとは、考えてもいなかった。だから誰にも言えなかった。周囲にひた隠しにしながら過ごし、こっそり産んだ我が子を置き去りにした。

でも本来は、喜ばしいことなんだ。祝福されるべきことなんだ。

「ありがとう」

祝福してくれて。

生まれてきてくれて。

舞香は和田の腕の中で、自分が赤ん坊になったかのように号泣した。

5

「そういえば」と、ついさっきまで通報に対応していた細谷さんが、こちらを見た。

「あの男の子、どうだった？」

「海斗くんですか」

「そう。好きな女の子に彼氏がいたどころか、トイレで子どもを産んじゃったんだから、ショックよね」

「そうですね。さすがに落ち込んでいるみたいでした」

あの快活な少年とは思えない、低く沈んだ声が、鼓膜によみがえる。無理もない。

自分の身に置き換えて考えると、ある日突然、いぶき先輩が産休に入ったと聞かされるようなものか。とてもじゃないけど、平静に日常生活を送れるとは思えない。

あれからもう三週間。

昨夜、僕は自分のスマートフォンから海斗くんの自宅に電話をかけ、彼と話をさせてもらった。通報者に個人的に連絡をとるなんて初めてだったし、本来、事件当事者への過剰な肩入れはタブーとされている。けれど海斗くんの心中を察すると、電話せずにはいられなかった。

彼自身の言葉をそのまま返しただけとはいえ、告白を決意させてしまった責任を感じてもいた。

「なんて言って励ましたの」

「女の子は舞香ちゃん以外にもたくさんいるし、まだ先は長いんだから……って」

細谷さんが噴き出した。

「ごめんなさい。たしかに先は長いわよね。まだ小学校四年生だもの」

本当にそうだ。まだ十年ぐらいしか生きていない少年には、これから人生の大きなイベントがいくつも待ち受けている。

「で、海斗くんのほうはなんて答えたの」

「早乙女のくせにえらそうにするな」

細谷さんがさっきより盛大に噴き出した。

「なにそれ。その調子なら大丈夫か」

実は、細谷さんに伝えた言葉がすべてではない。先ほどの発言には続きがある。

——えらそうにするのは、いぶき先輩にちゃんと告白してからにしろよな。

反論できなかった。海斗くんはたったの十年ほどしか生きていないけど、好きな人に告白しようとした。思わぬかたちで失恋する結果にはなったが、恋愛経験においては、少なくとも僕以上の経験を積んだことになる。情けないことに、恋愛経験値は海斗くんのほうが僕よりも上だ。

「でも先が長いといえば、舞香ちゃんだって同じよね」

細谷さんが子を思う母親の顔になる。

中学二年生で子どもを産み、育てていくことがどれほど大変なのか、僕には想像もつかない。子どもどころかいまだパートナーすら見つかっていないのだから。

出産後に赤ちゃんを置き去りにしてしまった舞香ちゃんは、保護責任者遺棄罪で逮捕されたものの、本人が未成年であること、すぐに現場に戻ったことなどが考慮され、不起訴処分になるとみられている。舞香ちゃんの両親は突然の娘の出産に驚きを隠せなかったようだが、赤ちゃんを引き取って育てることを希望した。赤ちゃんの父親と考えられる高校生の男の子の両親との話し合いは揉《も》めており、認知してもらえるかは微妙な状況らしいが、少なくとも赤ちゃんの安全な養育環境は確保された。

「相手の男の子にはむかっ腹がたつけどね。舞香ちゃんの妊娠が発覚したとたんに連絡がとれなくなるなんて……そのせいで舞香ちゃんが追い詰められて、一人で抱え込むことになったんだから、すべての元凶はその男の子だと思うのよね」

「僕もそう思います。あまりにも無責任です」

「早乙女くんは同じ状況になっても、逃げちゃダメよ」

ぐっ、と言葉が喉《のど》に詰まった。そんな想像したことすらなかった。

「まあ、早乙女くんなら大丈夫よね。逃げる勇気もなさそうだし」

褒められているのか貶《けな》されているのか。

「それにしても、君野さん、すごいわねやっぱり。彼女がいち早く気づかなかったら、赤ちゃんは助からなかったかもしれない」

細谷さんの言った通り、救命措置があと少し遅れていたら赤ちゃんの生命に危険が及び、助かったとしても重い障害が残る可能性は高かったらしい。赤ちゃんを置き去りにした舞香ちゃんの行いが、取り返しのつかない過ちになっていたかもしれないのだ。いぶき先輩の鋭すぎる洞察力と推理力、そして好きな女の子であろうと犯罪を看過しなかった海斗くんの正義感が、一人の人間の命を救った。

「本当にすごいです」

すごすぎて、ときどき同じ人間とは思えなくなる。

「でも人間だから」と、細谷さんが僕の頭の中を読んだようなことを言った。

ぎょっとする僕に、背中を押すような笑みが向けられる。

「すごくても一人の人間だし、一人の女性だから。気後れする必要はない。遠慮してると、誰かにとられちゃうよ」

頬が痙攣《けいれん》する。

当のいぶき先輩はいま、通報に対応中だった。ヘッドセットマイクで通報者に語りかけている。

二人ぶんの視線に気づいたらしく、いぶき先輩が軽く首をかしげる。

ほどなく通報の処理を終えたらしく、いぶき先輩があらためてこちらを向いた。

「なんですか？」

「いいや、なんでも」

「なんでもないわよ。ねえ」

僕は細谷さんと頷《うなず》き合った。のけ者にされたいぶき先輩が頬を膨らませる。

「なんだか感じ悪いですね」

「君野さんはすごいって話してただけよ」と細谷さん。

本当ですか、という感じに、いぶき先輩が僕を見る。

「そうです。その通りです」

正直に言ったのに、いぶき先輩の眉間《みけん》にはなぜか深い皺《しわ》が刻まれた。

「早乙女くんは、嘘をついてます」

「どうしてですか」

「そんな雰囲気じゃありませんでした」

いぶき先輩はぷいと顔を背けてしまった。

僕は視線で細谷さんに救いを求めたが、おどけたように肩をすくめられた。

――いま、自分がいぶきちゃんになにを言ったか、気づいてる？

ふいに和田さんの指摘が鼓膜の奥によみがえり、頬が軽く熱を持つ。いぶき先輩に御厨さんとの関係を問いただそうとして、うっかり愛の告白のようになってしまった。直後に海斗くんからの通報が入ったのでなんとなくうやむやになったが、いぶき先輩も顔を真っ赤にしていたから、和田さんの意図に気づいたはずだ。通報の対応に追われながらも、今後のいぶき先輩への接し方をどうすればいいのか、ずっと頭の片隅で考えていた。急に馴《な》れ馴《な》れしくするのもなんか違うし、ぎこちなくなってしまうのはもっと嫌だ。そして僕が導き出した結論は「様子をうかがってみる」だった。

その結果いぶき先輩との関係は、これまでとまったく変わらない。

いぶき先輩がいつも通りに接してくるので、僕も合わせていつも通りに振る舞っているうちに、あの発言がなかったかのようになってしまった。巨大な台風が来ると聞いて防災対策準備万端で待ちかまえていたのに、雨が一滴も降らずに拍子抜けしたような心境だ。台風に来て欲しいわけではないが、こんなにからっと晴れているのなら、ガラス窓に養生テープを貼ったり、風呂桶《ふろおけ》に水を貯めたり、防災バッグの中身を確認したりした、準備に奔走した時間はなんだったんだと途方に暮れる、あの感じ。

いっそ台風が来てくれたほうが、よかったのかもしれない。

そのほうが二人の関係性を変えるきっかけになった。荒療治だとしても、大きな刺激が必要だった。それなのに「様子をうかがってみる」なんて消極的な結論を出したせいで、これまでと変わらない関係を「装う」関係になってしまった。これはよくない。でも一度「装って」しまったら、本心をさらけ出すのはとても難しい。

僕らはずっとこのままなのだろうか。

けっして悪い関係ではない。

それならこのままでいたほうが、いいのかな。

ふいにいぶき先輩がこちらを見る。目が合う。なにか言わなければ。

そう思ったが、いぶき先輩の一一〇番受理台の警告灯が光った。

6

『Y署前、Y署前です』

バスの運転手が無愛想な声で停留所の名前を告げる。

つり革をつかんでいたイブキがバスの降り口へと歩き出したのを確認し、男はシートから腰を浮かせた。

歩道におりてイブキの後を追いながら、また今日も空振りかと舌打ちした。

通信指令課では、二十四時間の当直勤務が基本らしい。通勤は行きも帰りも朝の明

る い時間になり、暗い夜道で一人になることがまずない。住まいは警察署の上にある独身寮で、通勤に利用する最寄りのバス停も警察署のすぐ前となれば、襲撃に適したタイミングがほぼないのだった。非番や休みの日には出かけることもあるだろうが、警察署の近くでイブキが出てくるのを待つわけにもいかない。署に出入りする警察官たちに不審に思われるだろうし、なにより男には前科がある。

強盗殺人の前科が――。

できれば手早く済ませたい。プランB決行だ。

Y署の門扉をくぐろうとするイブキに、男は早足で近づいた。

「すみません」

イブキが振り向く。顔立ちは整っていて大人っぽいのに、フード付きのパーカーにデニムパンツという、母親の買ってきた服をそのまま着ている小学生のような格好なのがアンバランスな印象だ。

「はい」

イブキは軽く首をかしげた。警察署の前ということもあってか、男を警戒する様子はない。

「イブキさん、ですよね」

肯定も否定もない。さすがに怪訝《けげん》そうな顔になる。見知らぬ男が自分の名前を知っているのだから、警戒するのは当然だ。

だが男は、イブキの冷静さを失わせる魔法の単語を知っていた。

「サオトメくんのことで、ご相談が」

案の定、イブキの顔色が変わった。

何日か尾行して気づいたが、イブキはサオトメという男の同僚と仲が良い。本部庁舎から並んで出てきたのを最初に見たときには、交際しているのかと思った。

だが違うようだった。二人は県警本部の敷地を出て反対の方角に分かれた。そして遠ざかりながら、何度も互いを振り返った。この後も一緒に過ごしたいから声をかけようかと、迷うような振り返り方だ。じれったいのは、振り返るタイミングがシンクロせずに、二人の視線が合わないことだ。はたから見ているだけで苛々《いらいら》したぐらいなので、同僚たちは二人の気持ちにとっくに気づいているのではないか。気づいていないのは、むしろ本人たちぐらいではないか。

ともあれ、これは利用できると、男は思った。イブキとサオトメは互いを好き合っている。だが交際には至っていない。興味はあるが、まだ相手のことを深く知ってはいないのだ。

「サオトメくんがどうかしたんですか」

「ちょっと困ったことになっていまして……サオトメくんからよく名前を聞いていた

ので、きっとサオトメくんがもっとも心を許せる相手だろうと思って、声をかけさせていただきました」

「サオトメくんがそんなことを……？」

イブキの頬が赤く染まった。

「ええ。口を開けばイブキさんの名前ばかりで、よほど素敵な人なのだろうと思っていました。彼がそんなふうに女性の話をするのは、とても珍しいことです」

「そうだったんですか。恥ずかしいです」

いぶきが両手で自分の顔を挟む。

こいつらはいったいなんなんだ。中学生の恋愛かよ。

それにしてもこの女、完全に舞い上がってやがる。いくらサオトメの知り合いだからって、寮の前で声をかけてくるなんておかしいだろう。

「あなたはサオトメくんの……？」

「吉田《よしだ》といいます。サオトメくんから私の名前を聞いたことは？」

「ありません」

イブキはかぶりを振った。

「そうでしたか。それは残念です。私はイブキさんほどには、サオトメくんから想われていないらしい」

「そんな」

溶け落ちそうなほど頬を緩ませるイブキの様子に、内心で鼻白む。

こいつはおそらく、通信指令課でも無能な部類に違いない。好きな男の名前を出されただけでへらへら浮かれて冷静な判断力を失うなんて、とても〈万里眼〉の同僚とは思えない。

「できれば落ち着いた場所で話をしたいのですが、お時間ありませんか」

「えっ……」と躊躇《ちゅうちょ》するイブキに、考える隙を与えないようたたみかける。

「実は、サオトメくんが厄介なトラブルに巻き込まれているんです。余計な心配をかけたくなくて、イブキさんには話していないと思うんですが……ほら、彼って変なところで意地っ張りでしょう？」

「わかります」

心当たりがあるのか、イブキは大きく頷《うなず》いた。だが心当たりがあるのは当然だ。まったく意地っ張りな面がない人間など存在しない。誰にでも当てはまることを、さもサオトメという人間を知っているかのように言っただけだ。

男はしたり顔で頷いた。

「やっぱり。あいつ、イブキさんのことしか考えていないくせに、肝心なことは相談していないんだ。警察を辞めることになって、イブキさんを失ってしまうかもしれないっていうのに」

イブキのもともと白い顔が、さらに白くなる。

「聞かせてください。サオトメくんは、どういったトラブルに巻き込まれているんですか」

「わかりました。こんな場所ではなんですので、いいですか」

視線で促すと、イブキは素直についてきた。

男はイブキを先導しながら、つい緩みそうになる口もとを手で覆った。

CASE5　お電話かわりました名探偵たちです

1

ＩＣカードで開錠して通信指令室に入るや、僕は首をかしげた。

「あれ？」

「おはよう」

六番台から伸び上がるようにして、細谷さんが丸い顔を覗《のぞ》かせる。

「おはようございます」

僕は細谷さんに挨拶《あいさつ》を返しながら、五番台の椅子を引いた。ヘッドセットを装着しながら周囲を見回す。

「どうしたの」

「いや……いぶき先輩、今日は週休でしたっけ」

四番台が空席だった。いつもなら一番に出勤して、クロスワードパズルを解いているか、通報に対応しているというのに。

細谷さんが僕越しに四番台を見る。

「そんな話は聞いてないわよ」

「この時間にまだ来ていないって、珍しくないですか」

細谷さんはそれほど深刻に捉《とら》えていないようだ。

「そう言われればそうね。でもまだ定時前なんだし、バスが遅れてるとかじゃないの」

始業までまだ十分近くある。たまにはそういうこともあるのかもしれない。

それから五分ほどして、和田さんがやってきた。

「おはよう。早乙女くん」

「おはようございます」

「おはようございます。細谷さん」

「おはよう。和田くん」

「あれ？」と和田さんが怪訝《けげん》そうな顔になったときには、僕と同じようにいぶき先輩の不在が心配になったのかと思ったのだが。

「どうしました、細谷さん。今日はいつもよりお綺麗《きれい》ですね。いや、いつも綺麗だけど、今日はよりいっそう美しい」

「あらそう？　実は昨日、美容室行ってきたの」

細谷さんが両手を頰にあてて恥じらっている。

いつものご機嫌うかがいだったようだ。

それにしても細谷さん、髪切ってたんだ。ぜんぜん気づかなかった。和田さんはよく気づいたな。モテる男たる所以《ゆえん》か。

「あれ、いぶきちゃんはまだ？」

ようやくそちらに意識を向けてくれたか。

「そうなんです。いつもならとっくに来てるはずなのに」

「そうだね。どうしちゃったんだろう」

「なにかあったんでしょうか」

心配しすぎかもしれないけど、なんだか胸騒ぎがする。

だが和田さんは細谷さんと同じことを言った。

「まだ始業まで少し時間があるし、ギリギリに駆け込んでくるんじゃない？　いぶきちゃんに限って寝坊なんてないでしょ」

「そんなに心配なら、電話かメールでもしてみたら？」

細谷さんが言う。

遅刻したわけでもないのに、いつもならいるはずの時間に出勤していないというだけで連絡するのは気が引ける。

「いや、大丈夫です。たぶんバスが遅れたとか、そんな理由でしょう」

そう考えるしかない。小さなことで気を揉《も》みすぎだという自覚はある。もっと鷹揚《おうよう》にかまえよう。

だが結局、いぶき先輩は始業時刻になっても現れなかった。

「ってか、来ないじゃないですか」

僕がようやくそのことに言及できたのは、始業時刻を七分ほどまわったころだった。業務開始早々、交通事故発生の一一〇番通報が入ったため、対応していたのだった。事故自体は自動車の運転手がハンドル操作を誤って交通標識のポールに衝突してしまったという自損で、事故を起こした張本人である通報者も怪我はなさそうだ。駆けつけた所轄署の警察官に引き継いで通話を終えた。

「来てないね」

和田さんも心配そうに、無人の四番台を見ている。

「まだ十分も経っていないし、それぐらいなら遅刻することだってあるんじゃない」

細谷さんはまだ楽観的だ。

「でもいぶき先輩ですよ？」

僕は言った。ほかの職員なら遅刻もありえる。僕だって寝坊で遅刻の経験はあるし、遅刻には至らないものの、始業開始ギリギリの時間に滑り込むことはしょっちゅうだ。

だがいぶき先輩の遅刻というのは、少なくとも僕が通信指令課に入ってからは記憶にない。

「たしかに、君野さんって遅刻とかしないイメージ」

細谷さんが記憶を辿《たど》るように虚空を見上げる。

「でしょう？」

遅刻寸前に駆け込んできた記憶すらない。僕の知るいぶき先輩は、いつも当然のように涼しい顔で四番台に座り、通報者からの入電にそなえている。

「でも君野さんも人間だから。たまにはポカすることだってあるんじゃない」

まだそういうことを言うか。

「いぶきちゃんはたしか寮住まいだったよね」

和田さんの質問に「Y署の独身待機寮です」と即答した後で、住まいを即答できる僕って気持ち悪いかなと思う。うん。間違いなく気持ち悪い。

「Y署か。何人か知り合いがいるから、在室してるか確認してきてもらうよ」

さすが和田さん。顔が広い。

通信指令室を出て行った和田さんが戻ってくるまでに、さらに一件の通報が入った。出かけようとしたら靴がなくなっていたという、いぶき先輩好みの内容と思いきや、実際には同居人が履いてコンビニに買い物に行っていただけの、たんなる緊急性の低い迷惑通報だった。ただ、そんな通報ほど処理に時間がかかってしまうのが厄介で、目の前に和田さんが立っているのに通話を終えることができずに難儀した。

ようやく通報の処理を終えて顔を上げた僕に、和田さんは肩をすくめた。

「部屋にはいないみたいだよ」

「それならこっちに向かっている途中なんじゃない」

細谷さんの言う通りならいいんだけど。

「でも不思議なのは、かりにいぶきちゃんが寝坊なりなんなりで遅刻したとして、寮の部屋にいないということは、すでに起きてこちらに向かっているはずなのに、連絡の一本も寄越《よこ》さないってことだね」

「僕もそう思います。連絡がないのはおかしいです」

「起きたら始業時刻を過ぎていたから慌てて飛び出したせいで、連絡する余裕もないんじゃないの」

「でも先輩の通勤手段はバスです。もしかしたらタクシーを捕まえた可能性もありますけど、どちらにしろ自動車です。乗車するまでは余裕がなくても、乗ってしまえばメッセージぐらいは送れます」

「どうしたんだろうね。いぶきちゃん」

重くなりかけた空気を嫌うように、細谷さんが人差し指を立てる。

「わかった！　寮の部屋にいないのは仕事に出かけたからじゃなくて、帰宅してないからじゃない？」

「いぶきちゃんが夜遊びしてたってことですか」

和田さんは腑《ふ》に落ちない顔をしている。

「違うわよ。外泊したってこと」

うふ、と肩を持ち上げておどけられても、僕には二重の意味で笑えない。こんなときに冗談で茶化して欲しくないし、いぶき先輩が外泊なんて信じたくない。

「事故渋滞でバスが遅れていたりは？」

僕の意見に、和田さんが困ったように眉《まゆ》を下げた。

「渋滞するような事故が発生したかどうか、早乙女くんたちがいちばんよくわかっているんじゃないかな」

それもそうだ。交通事故が発生すれば、誰かが一一〇番通報する。つまり警察組織で真っ先に事故発生を知るのが、僕ら通信指令課員だ。

交通渋滞が発生しそうな事故の報《しら》せは受けていない。

和田さんは自分のスマートフォンを確認した。

「送ったメッセージに既読はついていない……ちょっと電話してくるよ」

「お願いします」

電話をするために通信指令室を出て行った和田さんだったが、一分もしないうちに戻ってきた。

　スマートフォンを手に持ち、軽く顔を横に振るしぐさだけで、よくない結果なのがわかって暗い気持ちになる。

「ダメだ。電源が切られてる」

「電源が切られてるって、おかしくないですか」

「それはちょっと変ね」

　ようやく細谷さんも心配し始めたようだ。

「いぶき先輩になにかあったんですよ」

　そのときだった。

「それはどうだろうな」と出入り口のほうから声がした。

　オールバックにスーツの剣呑《けんのん》な雰囲気の男が、肩を怒らせながら近づいてくる。

「三課の御厨」

　和田さんはこの空間に、自分以外のスーツ姿が存在していることに驚いているようだった。

「ども、お世話になってます」

　見た目は老けているけどいぶき先輩の同期なのだから、和田さんのほうが年上なのだろう。御厨さんは和田さんに卑屈っぽく頭を下げると、僕にたいしてはいつもの乱暴な口の利き方に戻った。

「おまえはただの同僚だから知らないかもしれないが、いぶきは考えごとに集中したいときに、スマホの電源を落とすことがあるんだ」

発言の内容もだが、「いぶき」という呼び捨てが、胸にちくりと刺さる。

「そうなの？」

細谷さんは疑わしげだ。

「そうなんすよ。だから付き合ってるときにも、連絡が取れなくなることがあって困りました」

「君野さんと付き合ってたの？」

細谷さんはそっちのほうに驚いたようだった。

「ええ。まあ。いちおう」と、頬をかく御厨さんの口調には、優越感が滲《にじ》んでいる。

意外そうにしながら、細谷さんが話を進める。

「それはそうと君野さんは、スマホの電源を切っていたの？」

「はい」

「その理由は、考えごとに集中していたからって？」

「考えごとをしたいときに雑音が入ってくると思考をかき乱されてしまうから、電源を切っていたと言われました」

え。それって……。

「おまえからの電話が雑音ってことだよな」

和田さんが半笑いで指摘する。僕も同じことを考えた。

「いや、おれだけじゃないです。考えごとをしているときにかかってくる電話すべてが、雑音ってことですよ」

御厨さんがむきになって抗弁する。

「御厨。おまえ、本当にいぶきちゃんと付き合ってたのか」

「つ、付き合ってましたよ」

「本当か？」

和田さんはにやにやと嬉《うれ》しそうだ。

「君野さんが考えごとに集中するためにスマホの電源を切るなんて、私は聞いたことがない。そんなこと言うかしら。彼女、通報対応の合間にクロスワードパズルを解いてたのよ」

「細谷さんの言う通りだ。いぶきちゃんは通信指令室みたいな、いつ思考を中断されるかわからない上に、周囲には通報対応中の同僚の声やら、警告灯のブザーやらが飛び交う、雑音だらけの環境でも平気でクロスワードパズルを解いていた。考えごとに集中したいからスマホの電源を切るなんて、あるわけがない」

「でもあいつは、はっきりそう言ったんです。嘘じゃありません」

「それは、あなたを傷つけないようにそう言っただけじゃないの」

「そうそう。おまえがしつこく電話したから、電源切られただけじゃないのか」

「違いますよ」

御厨さんの顔は真っ赤になっていた。

「こうなってくると、いぶきちゃんと付き合ってたという申告内容すら疑わしくなるな」

「付き合ってたし」

必死になるあまり、敬語が外れている。

「どう考えても、いぶきちゃんとは釣り合わないんだが」

和田さんが腕組みをして目を細める。

追及から逃れようとするかのように、御厨さんが僕を見た。

「おまえなんかより、おれのほうがいぶきのことをわかってる。なにしろ同期入庁で、元彼だ」

「そう、でしょうね」

反論の余地はない。御厨さんは僕の知らないいぶき先輩をたくさん知っている。

でもそれって、いまここでアピールする必要のあることか？

「おまえ、なに早乙女くんにマウントとってるんだよ」

和田さんは心底あきれた様子だった。

「別にマウントじゃねえし。おれのほうが知ってるから、知ってるって言っただけじゃないですか」

「それがマウントっていうんじゃないの」

うんざりしたような、細谷さんの声だった。

「まあまあ。そう熱くならずに、これでも食べて落ち着いて」

誰の声だと思ったら、利根山管理官だった。

いつものように目尻《めじり》に皺《しわ》を寄せながら、部下たちに孫を見守るおじいちゃんのような、慈愛に満ちた視線を注いでいる。

だが管理官の勧めたお菓子に手をのばしたのは、御厨さんだけだった。

「ありがとうございます」

僕と和田さんと細谷さんの視線は、御厨さんが手をのばしたクッキー缶に釘付《くぎづ》けになっている。

三人の視線に気づいた御厨さんが、クッキーを口に運ぼうとする手の動きを止め、そわそわと視線を泳がせる。

「管理官。そのお菓子は……」

自分の声が震えているのがわかった。

「食べる？」

管理官は両手で抱えたクッキー缶を差し出してくる。直径二五センチほどの丸い缶の中は細かく区切られていて、丸かったり、四角かったり、ドライフルーツが載っていたり、ココア味なのかコーヒー味なのか色が黒かったりと、いろんなクッキーが並んでいた。

「東京から遊びに来た親戚《しんせき》が、お土産にくれたの。すごく有名なお店で、二時間は並ばないと買えないものみたいだよ」

ジンクスだ。

僕は和田さんと細谷さんを見た。二人とも幽霊を見たような顔をしている。

「これは本格的にまずいな」

「君野さんに関係することじゃないといいけど」

なにか大きな事件が起こるのは間違いない。

せめてそれが、いぶき先輩の無断欠勤と関係ないものであって欲しい。

「なになに。どうしたっていうんだ」

御厨さんは急に深刻な顔つきになった同僚たちに怯《おび》えた様子だ。

警告灯が緑色に光り、着信を告げる。

僕は『受信』ボタンで応答した。

「Z県警一一〇番です。事件ですか。事故――」

言い終わらないうちに声をかぶせられた。

『事件だ。あんたのとこの君野いぶきを預かった』

嫌な予感が当たってしまった。

僕は目もとを手で覆った。

2

「なんだなんだ。なにが起こった？」

挙動不審になる御厨さんに「いいからおまえは出て行け」と顎《あご》をしゃくりながら、和田さんがヘッドセットを装着する。細谷さんも僕の通話をモニタリングしているようだ。ヘッドセットの左耳部分を手で押さえ、じっと耳をかたむけている。

落ち着け、落ち着け。

僕は気持ちを鎮めようと胸に手をあて、通報者に問いかけた。

「どういうことでしょうか」

地図システム端末画面を確認し、顔をしかめる。発信地点は不明だった。ＧＰＳ機能のついていない携帯電話なのか、あるいは衛星電波の届かない建物内や地下にいるのか。

『何度も言わせるな。君野いぶきを預かっている。意味はわかるな。君野は今日、出勤していないだろう』

僕は左に黒目を向けた。主《あるじ》を失った四番台。もしもいぶき先輩がそこにいたら、犯人なんてたちどころに特定してしまうはずなのに。

動揺を悟られないよう、静かに息を吐いた。

「おっしゃっている意味がわかりません」

『とぼけるな！』

「とぼけてはいません」

『君野いぶきがどうなってもいいってことだな』

「よくない。変な真似はよせ」

頭に血がのぼって、つい本音が出てしまう。

『最初からそうやって素直に認めればいいんだよ』

鼻で笑われた。

「君野がそこにいるんですか」

『いる』

「声を聞かせてくれませんか」

『聞きたいか』

「聞きたいです」

『じゃあ聞かせてやるよ』

直後になにかを蹴《け》るような物音がして『痛い！　痛い！』という女性の声が聞こえた。間違いなくいぶき先輩の声だ。全身が粟立《あわだ》った。

「待て！　待ってくれ！」

『待ってください、だろうが！』

「待ってください！」

音がやんだ。男の荒い息づかいが、電話口に響いている。

『おれに命令すんな！　わかったか！』

「わかりました」

声だけでなく全身が震えていた。電話越しに伝わってきたのは、紛れもない暴力の気配だった。そして暴力の引き金を引いたのは、いぶき先輩の声を聞かせて欲しいという僕の要求だ。

視界に現れた手が、ひらひらと動く。

顔を上げると、和田さんの唇が動いた。

早乙女くんのせいじゃない。

わかっている。本当に誘拐されたのか、被害者が生きているのかを確認するため声を聞かせて欲しいと要求するのは、交渉のセオリーだ。僕以外のどの通信指令課員だって、同じ要求をする。だが自分の発言がきっかけになっていぶき先輩に暴力が振るわれたという事実は、僕にとって理屈を超えた衝撃だった。

消沈する気持ちを奮い立たせ、犯人に訊《き》いた。

「要求は……」

『〈万里眼〉だよ。〈万里眼〉を電話に出せ』

僕は和田さんや細谷さんを見た。二人とも不可解そうな顔をしている。

「〈万里眼〉ですか」

『そうだよ。〈万里眼〉だ。いるんだろう?』

「いや……」

ここにはいません。あなたのそばにいる女性がそうです。

なんて言えるわけがない。

『まだとぼけるならいいぞ。君野がどうなっても──』

「います！　います！」

慌てて言った。これ以上、いぶき先輩に危害を加えさせるわけにはいかない。

『じゃあ出せ』

「あいにくいまは席を外しておりまして……」

少しでも考える時間を稼ぎたかったが、いまや完全に主導権を握られている。

『ほう。君野が死んでも――』

「嘘です！　ごめんなさい」

『しょうもない小細工するんじゃねえよ。さっさと出せ。いるんだろ？〈万里眼〉。

一一〇番通報で聞き取った内容だけで、犯人がわかっちまうっていう野郎が』

犯人はいぶき先輩が〈万里眼〉だと知らないようだ。発言の内容から、〈万里眼〉に強い恨みを抱いていることがうかがえる。ということは、目的は〈万里眼〉への復《ふく》讐《しゅう》か。いぶき先輩の推理によって逮捕された過去を持つ、元犯罪者だろうか。

犯人の目的が〈万里眼〉への復讐だとすれば、ぜったいにいぶき先輩の正体を知られるわけにはいかない。

一か八か。いぶき先輩の命がかかっている。荷が重いなんて言っていられない。

「僕です」

『あ？』

「僕が〈万里眼〉です」

数秒の沈黙の後、犯人が言った。

『嘘をつくな』

「嘘じゃありません。僕が〈万里眼〉なんです」

『ぜったいに違う』

「信じられないのも無理はありません。いままでの会話だけだと、まるで僕が無能な男のように思われたでしょうから。しかし相手を油断させるために、あえて無能を装っていたのです。僕の本当の正体は――」

『無能だよ』一刀両断にされた。

『おまえは無能のように見えて、実際に無能だ。それだけははっきりしている』

どうしてだ。犯人は〈万里眼〉の正体を知らない。それなのになぜ、僕が〈万里眼〉でないことだけは、きっぱり断言できる。

なぜだ。なぜ。

そのとき、右側から細谷さんの腕がのびてきた。

なんで？

疑問を口にする間もなく、細谷さんが『三者』ボタンで介入してくる。

「お電話かわりました。Z県警本部通信指令課、〈万里眼〉こと細谷です」

ちらりとこちらをうかがう横目と視線がぶつかった刹那《せつな》、僕は細谷さんの意図を察した。

犯人は〈万里眼〉の正体を知らない。けれどおそらく〈万里眼〉が女性であることだけは知っている。あるいはなんらかの理由で女性だと確信している。だから僕が〈万里眼〉を名乗った瞬間に、僕の嘘を見抜いた。

そういうことか。

頼みます、細谷さん。

僕は両手を重ねて細谷さんの健闘を祈った。

『嘘つくんじぇねえよ！』

即座に犯人に怒鳴られ、細谷さんが両肩を跳ね上げる。

「嘘じゃありません。私が〈万里眼〉です」

『そんなわけないだろ！　おまえら、揃いも揃っておれをバカにしてんのか！』

「私が〈万里眼〉――」

『おまえはもう黙れ！　このクソアマ！』

細谷さんを黙らせた犯人の、乱れた息づかいだけが響く。

『そうかそうか。どうしても〈万里眼〉の正体を隠したいってわけだな。一人で警察の検挙率を何％も引き上げてるっていうから、そりゃ機密レベルだろうよ。よくわかった。つまりおまえらは、一人の警察官の命を犠牲にしてでも、〈万里眼〉の秘密を守る選択をしたってわけだな。それならお望み通りにしてやるよ』

「違う！」僕はふたたび通話に介入した。

「あなたは大きな誤解をしています！」

『なにを誤解してるっていうんだ』

「それは……」言えない。言えるわけがない。

言ったら、いぶき先輩が……。

言わなくても、いぶき先輩が危ない。

どうすればいい。八方塞《はっぽうふさ》がりだ。

『それともあれか。おまえら、どうせできるわけがないと思ってんのか。こいつには人なんか殺せないとか、高を括《くく》ってるのか』

「違います」そんなわけがない。いぶき先輩の悲鳴が、いまも耳にこびりついている。

『なめんじゃねえぞ！　一人殺しても二人殺しても一緒なんだよ！　他人の人生壊しといて、のうのうと生きてられると思うなよ！　おれはやるぞ』

「待って……ください！」

『言葉だけ丁寧にしたって意味ねえんだよ！　人のことをコケにしやがって！』

「やめろ！」

『やめろって言われてやめるやつはいない』

冷笑を浴びせられた。

『君野いぶき。おまえは警察の機密を守るための尊い犠牲だ。恨むなら警察を恨め』

「いぶき先輩！」

ふいに訪れた静寂の意味がわからなかった。

だが犯人が発した言葉に、背中を刷毛《はけ》で撫《な》でられたような不快感が走る。

『おまえ、サオトメか』

僕だけでなく、和田さんや細谷さんまで驚愕《きょうがく》に身体を震わせた。

なぜだ。なぜ犯人は僕の名前を知っている？

『そういやその声だったな、サオトメくん。声だけ聞いてるともっと男前を想像してしまうから、誰だかわからなかったわ』

犯人は僕の名前だけでなく、顔も知っているようだ。

「なんで僕を知ってるんですか」

『そんなのはどうでもいい。おまえ、この女のこと好きだよな』

躊躇《ちゅうちょ》したのは一瞬だけだった。

「ええ。好きです」

『それなのになんで、〈万里眼〉の正体を隠そうとする。好きな女が殺されようとしているっていうのに』

言えない。

『上の指示か』

答えられずにいると、ふっ、と小さく笑う気配があった。

『情けないな。好きな女に告白できないだけじゃなくて、好きな女が殺されようとしているのに、助けようともしないとは。そんなに警察の機密ってやつが大事か。好きな女を見殺しにしても、守らなきゃならないものなのか』

悔しい。けれどなにも言えない。犯人の狙いは〈万里眼〉で、〈万里眼〉はいぶき先輩だ。

「なにをすればいい。なにをすれば、いぶき先輩を助けてくれる」

『だから〈万里眼〉を出せ』

「それ以外で。それ以外ならなんでもする」

『それ以外の要求なんてない！　バカか、おまえは』

吐き捨てるように言われた。

背景にか細い声が聞こえる。

耳を澄ませると、それはいぶき先輩の嗚咽《おえつ》のようだった。

いぶき先輩が泣いている。

もちろん人間だから、そんなこともあるだろう。だが僕にとって、いぶき先輩が拉《ら》致《ち》された以上の衝撃だった。

『なんだ。怖くなってきたか。ずいぶん気の強い女だと思ってたが、お仲間に見捨てられるとわかってさすがにビビったか』

犯人の愉快そうな声に、はらわたが煮えくり返る。

『ほら、少しだけ話させてやる。大好きな彼にお別れを言え』

ガサッという雑音を挟んで、いぶき先輩の声がした。

『早乙女くん……』

「いぶき先輩!」

『いままでありがとう』

「そんなこと言わないでください」

『私、私……』

こんな状況で、いぶき先輩に先に言わせてはいけない。

僕は勇気を振り絞った。

「僕はいぶき先輩のことが好きです」

『まだ解けていないクロスワードパズルがあるの』

……あれ?

「早乙女くんのことが好き」と言われると思っていたのに。

『いまなにか言った?』

ちょうど同じタイミングで互いの声がかぶっていたため、いぶき先輩には聞こえていなかったらしい。

「いえ。たいしたことではないです」

顔がみるみる熱を持つ。

いぶき先輩からこの顔は見えないのが、せめてもの救いか。

「クロスワードパズルが、なんですか」

『解けてないクロスワードパズルがあって、それだけが心残りなの。最後の一つ。あれを解かずに死ぬなんて』

えっぐ、えっぐ、としゃくり上げている。

『だから私が死んだら、パズルを解いて』

「そんなこと言わずに自分で――」

『お願い！　あと五列で完成なの！　縦の一、五、十七、あと横の十二――』

『そこまでだ』

電話を取り上げられたようだ。

男の声に替わる。

『ピーピー泣いてるくせに、なにをいまさら強がってやがる……せっかく最期に告白のチャンスをやったっていうのに』

「いぶき先輩を出してくれ」

『もうダメだ。交渉するつもりなら、まずはそっちが譲歩するべきだ。〈万里眼〉を出せ』

「〈万里眼〉は……いない」

『まだそんなことを言うか。救いようがないな』

「本当にいないんだ！」

『君野いぶき。恨むなら、おまえを見捨てたサオトメくんを恨むんだな』

「待ってくれ！」

そのとき、向こうからやってきた人影が、僕の指令台の『三者』ボタンを押し込む。

あまりに非現実的な光景に、わずか一秒にも満たないその瞬間が、僕にはスローモーションで見えた。

「お電話かわりました。通信指令課管理官の利根山です」

『三者』ボタンを押して通報に介入してきたのは、利根山管理官だった。

3

たぶん僕だけでなく、和田さんも細谷さんも御厨さんも、それ以外の通信指令室に居合わせた職員全員が混乱しただろうし、呆気《あっけ》にとられたに違いない。

なにしろ管理官だ。ほんのりと防虫剤の匂いを振りまきながら部下に渋いお菓子を配り歩く以外に、なにをしているのかわからない存在が、ヘッドセットを装着して『三者』ボタンで通報に介入してきたのだ。

『こんどは誰だ。また〈万里眼〉の偽者か』

「違う。私こそ本物の〈万里眼〉だ」

指令室全体にさざ波のようなざわつきが広がる。

おいおい、いまなんて言った？　管理官が〈万里眼〉？　〈万里眼〉って君野のことじゃないのか。いったいどういうつもりだ。〈万里眼〉のふりをしているのがバレたら、今度こそ君野が危ないんじゃないか。

ひそひそ話がサラウンドで聞こえる。

『本当だろうな』

「本当だ」

『なんで隠れてた。管理官って、あんた指令室のトップだろう』

「そうだ」

『部下に〈万里眼〉を演じさせたのは、どういう了見だ』

「部下は私が〈万里眼〉だと知らなかった。〈万里眼〉を出せと言われても、正体を知らないのだから要求に応《こた》えようがない。それなのにきみはうちの通信員を拉致し、〈万里眼〉を電話に出さなければ危害を加えるという。だからしかたなく〈万里眼〉を演じたのだろう」

『あんたが〈万里眼〉だという証拠は？』

「きみは二十五年前に強盗殺人で逮捕された、勝田宗幸《かったむねゆき》だな」

通信指令室の時間が止まった。

管理官はいったいなにを言っているんだ？　出鱈目《でたらめ》？　まさか。そんなことをして犯人の氏名を言い当てられなかったら、偽〈万里眼〉だとバレてしまうじゃないか。

ところが。

『さすがだな。ようやく本物の〈万里眼〉のお出ましってわけか』

ざわめきを通り越して指令室がどよめいた。

僕は和田さんと細谷さん、ついでに御厨さんを見た。誰もが鮮やかな手品を見せられたような顔をしている。種を見抜いた者はいなそうだ。

「どういうことだ、早乙女。おまえが〈万里眼〉じゃないのか」

御厨さんに至っては、まったく見当外れなことを言っている。

とんとん、と肩を叩《たた》かれ、僕は我に返った。

管理官が事案端末にタッチペンを走らせる。

——私が時間を稼ぐ　勝田の所在特定を急ぐべし。

そうだ。事態は一刻を争う。こうしてはいられない。

いまのうちに、とはいえ発信地も特定できていないし、どうすればいい。

「せっかく出所したのに、こんなかたちで道を踏み外してしまうとは残念だ」

管理官が勝田に語りかける。

『あんたのせいで逮捕された時点で、おれの人生はとっくに終わってるんだ。失ったものは戻らない』

「一から新しい人生を築けばいい。人を殺《あや》めておいて、逮捕前に持っていたすべてを取り戻したいなんて虫が良すぎると思わないか」

『思わないね。おれが殺さなくても、あの年寄り夫婦はせいぜい十年ぐらいしか生きなかった』

「その貴重な十年は、他人の身勝手な欲望によって奪われていいものではない」

『事故や病気で死ぬのも一緒だろうが！　あんな年寄りが貯め込んでたって、どのみち使いきれやしないんだから、おれがもらってやった！　あの世に持っていったってしょうがないだろう！』

「きみが奪わなくても、遺産は正当な権利を有する相続人に渡るはずだった。そもそもきみだって、小学校から付属に通わせてもらって、有名私大から一部上場企業という恵まれた人生を歩んでいたのだから、本来他人から奪う必要もなかった」

『ギャンブルのせいだ』

「ギャンブルで身を持ち崩したきみのせいだ。エリート人生をふいにしたのは、罪を犯したきみ自身だ」

『偽装工作は完璧《かんぺき》だった。あんたが通報を受けなきゃ、おれが捕まることはなかった。おれは運が悪かった』

「自分たちがやったことの責任は負うべきだ」

『罪を犯した人間がみんな捕まってるわけじゃない。スピード違反をしたやつがみんな罰金払ってるか？　違うだろう。たまたま警察に見つかった運の悪いやつが、罰を受けてるだけだ』

「捕まらない人間がいるからといって、罪を犯していい理由にはならない。仲間はどうした。そこにいるのか」

『連絡なんか取らねえよ。もともとつるんでたわけじゃない』

「すでに出所した人間もいるんだろう？　ほかの仲間が更生の道を歩んでいるというのに、きみだけがいつまでも過去に囚《とら》われている」

『〈万里眼〉のせいで人生をむちゃくちゃにされたんだから当然だ。刑務所《ムショ》に入るときには二十代だったおれが、いまや五十過ぎのおっさんになっちまった。あんたへの復讐《ふくしゅう》ぐらいしか、生きていくモチベーションがないんだよ。完璧な計画だったはずなのに、なんで逮捕されたのかずっと謎だった。刑務所仲間から〈万里眼〉の話を聞かされたときには、驚くと同時に納得がいったよ。通報からもたらされた情報だけで事件の真相を見抜いてしまう〈万里眼〉と呼ばれる男が、通信指令室にいる……てな。そのときから、おれの人生の目標は〈万里眼〉への復讐になった』

「私への復讐が目的なら、部下は関係ない」

『いいや。関係ある。いきなりあんたを殺したってつまらない。あんたの周囲の人間を一人ずつ消していく。手足をもぐように、あんたをじっくりといたぶってやる』

全身が震えた。勝田はいぶき先輩を殺すつもりだ。

そして二人の会話から、勝田が起こしたという事件の概要が見えてきた。

ギャンブルで借金を作った勝田が資産家の老夫妻を殺害し、金品を奪ったのだろう。同情の余地がまったくない強盗殺人。無期懲役になってもおかしくないが、管理官の口ぶりから複数犯だったのがうかがえる。勝田はグループのリーダーではなかったのかもしれない。おかげで有期刑になり、出所してきた。だが仮釈放審査で示されていた更生の意思や改悛《かいしゅん》の状は、〈万里眼〉に復讐するための偽りだった。〈万里眼〉の噂は、服役中に知ったようだ。

そしていまの会話から、なぜ勝田が偽〈万里眼〉に気づいたのかもわかった。勝田が逮捕されたのは二十五年前だから、僕の声では若すぎる。そして同囚から聞いた噂では、〈万里眼〉は男性。だから細谷さんではない。

ってことは、やっぱり管理官も〈万里眼〉だった？

ううん、と和田さんの低い唸《うな》りで、現実に引き戻された。

「さすがに音声だけでは、居場所を特定するのは難しいな」

そうだ。勝田の過去の罪や〈万里眼〉の正体などより、いまはどうすればいぶき先輩を救えるかを考えないと。

「声の響き具合からして、屋内にいるのは間違いないわよね」

細谷さんが口をへの字にし、和田さんが頷《うなず》く。

「ですね。かなり反響しているから、広い体育館とか倉庫とか、そういった場所かもしれません」

「そういう場所をピックアップしてみる？」

細谷さんの提案に、和田さんは「いや」と顔をしかめた。

「まだ体育館か倉庫と決まったわけじゃないし、ピックアップしたとしても対象となる建物が多すぎて絞り込めません。なにかほかにヒントがあればいいんですが」

和田さんが僕を見た。

「早乙女くんはどう思う？」

言葉が喉《のど》に詰まった。

考えなければ。いぶき先輩を救う力にならなければ。当然そう望んでいるのだが、どこかで他力本願な部分もあった。僕なんかより和田さんのほうが優秀だし、細谷さんのほうが人生経験豊富でいろんなことを知っている。

和田さんが言う。

「いぶきちゃんのことをいちばんよくわかってるのは、早乙女くんだ。だからきみの考えが聞きたい」

「僕が……？」

自分を指差す僕を、細谷さんが励ますように言った。

「そうよ。ずっと隣に座って、彼女のことを見てたんでしょう。何日付き合ってたか怪しい元彼より、よほど君野さんのことがわかってるはず」

横目を向けられた御厨さんが、むすっと口をへの字にする。

御厨さんは不満そうではあったが、歪《ゆが》めた口を開くことはなかった。

そうだ。過去はどうでもいい。

いまのいぶき先輩にもっとも詳しく、もっとも彼女への想いが強いのは、間違いなく僕だ。その点だけは自信がある。

考えろ。考えろ。

「電話……」

「電話？」

和田さんが細谷さんと顔を見合わせる。

「ええ。勝田がいぶき先輩と話をさせてくれたのは、いぶき先輩が泣き出したからでした。でも考えてみれば、あの場面で先輩が泣き出すのは不自然に思えました」

勝田はいぶき先輩にたいして「ずいぶん気の強い女だと思ってたが」と言っていた。あの瞬間まで、いぶき先輩は涙を見せていなかったのだろう。強盗殺人の前歴のある粗暴な男に拉致《らち》監禁されても、けっして弱気な態度を見せなかった。それがあの瞬間に、急に嗚咽《おえつ》し始めた。

「どういうことなの」と訊《き》いてくる細谷さんのほうを向いた。

「おそらくですが、僕と話す機会を作るためだと」

「でもいぶきちゃんはクロスワードがどうとか話しただけで、途中で電話も取り上げられて――」

和田さんの話の途中で閃《ひらめ》きが弾《はじ》けた。

「そうか！」

「どうした」と、御厨さんも懸命に輪に入ろうとするが、お呼びじゃない。

「クロスワードです。いぶき先輩はクロスワードを解けなかったのが心残りだと話していましたけど、この前、愛読しているクロスワードパズルの雑誌の最新号は、すでに一冊まるまる解いてしまったと話していました」

僕は四番台の抽斗《ひきだし》を開け、クロスワードパズルの雑誌を取り出した。パラパラとめくってみるが、やはりすべてのマスが埋まっている。解きかけのクロスワードパズルは存在しない。

「この雑誌に、所在地のヒントが隠されているはずです」

和田さんが大きく目を見開く。

「たしかいぶきちゃん、解けていない列の番号を言っていたね」

「通話を録音しているから、すぐにわかる」

細谷さんが六番台に向かい、録音データをプレーバックする。しばらくしてから、事案端末にタッチペンで記入した数字を、僕の端末に転送してきた。

縦の一、五、十七、横の十二。

問題はこの雑誌に掲載されているたくさんのパズルのうち、どれを参照するかだが、いぶき先輩は「最後の一つ」と言っていた。おそらく最終ページに掲載されているものだろう。

縦の一は『キキカイカイ』。

縦の五は『タカハマキョシ』。

縦の十七は『フルタアツヤ』。

横の十二は『トオマキ』。

「あっ！」と雑誌を覗《のぞ》き込んでいた和田さんが声を上げた。

和田さんがなにを言いたいのかは、当然僕もわかっている。『キキカイカイ』、『タカハマキョシ』、『フルタアツヤ』、『トオマキ』。

頭の文字を読めば『キタフト』。

話の途中で電話を取り上げられてしまったが、もしそうならなければ、いぶき先輩は『ウ』で始まる言葉の列の番号を口にしたのではないか。このパズルでいえば、横の三十列『ウゾウムゾウ』とか。

そしてすべての列の頭の文字をつなげれば『キタフトウ』になる。

北埠頭《ふとう》。

太平洋に面した海運の要衝で、大きな倉庫が建ち並んでいる。ここからは車で二十分ほどの距離だ。警察車両で緊急走行すれば、十分もかからない。

僕は『重要』ボタンを押して、警告灯を赤く光らせた。重大事件発生を報《しら》せ、集中運用を促すボタンだ。これにより手の空いた警察官、車両は、優先的にいぶき先輩捜索に充てられることになる。

タッチペンで事案端末に走り書きした。

――警官ラチカンキン　キタフトウの倉庫のうちどれか。

後方の無線指令台から指示が出て、地図システム端末画面上のパトカーを表す四角が、いっせいに北埠頭に向かって進路変更する。

「おれも行ってくる」

指令室を飛び出そうとした和田さんが、ふと足を止め、こちらを振り返った。

「早乙女くんも！」

虚を突かれながらも、僕は立ち上がっていた。仲間たちを信じてはいる。必ずやいぶき先輩を無事に救い出してくれる。

だが仲間を信じる気持ちと同じぐらい、居ても立ってもいられない心境だった。

行きたい。今回だけは後方支援だけでなく、最前線でいぶき先輩の捜索に加わりたい。

勝田と通話中の管理官と目が合う。偶然ではない。僕が想いをこめて管理官を見つめた結果だ。

管理官は僕と目が合うと、早く行け、という感じに手を振った。

僕は深々と頭を下げて謝意を示し、和田さんと一緒に通信指令室を出た。

4

県警本部の敷地を出て北埠頭に向かって走り出すや、ハンドルを握る和田さんがふっと笑みを漏らした。

「ついに指令室を飛び出してしまったね。早乙女くんとは思えない行動力だ」

「それって褒め言葉として受け取っていいんですか」

僕は助手席から背後を振り返り、遠ざかる県警本部の庁舎を眺める。だいそれたことをしてしまったという思いが、いまさらながらこみ上げた。

「それは微妙なところだけど、いぶきちゃんへの想いの強さは伝わった。元彼のことなんか気にする必要はない」

「もう気にしてません」

「おいおい。当事者がいるところでそういう話をするなよな」

後部座席から御厨さんの声が飛んでくる。

覆面パトカーの運転席に和田さん、助手席に僕が乗り込んで発車しようとしたとき、御厨さんが後部座席に転がり込んできたのだった。

猛スピードで景色が車窓を流れていく。サイレンを鳴らしながらの緊急走行なので、大声を出さないと互いの発言が聞き取れない。指令台の前に座って通報者を相手にする普段の業務とはまったく異なる緊張感だ。

「御厨さんがいるから、そういう話をしたんです」

僕は身体をひねり、後部座席を見た。大股《おおまた》開きでふんぞり返っていた御厨さんが、敵意を示すように顎《あご》を突き出してくる。だけど僕はもう目を逸《そ》らさない。相手が先輩であろうと強面《こわもて》であろうと、いぶき先輩の元彼であろうと関係ない。

「僕はいぶき先輩のことが好きです」

「知ってるよ、そんなこと。なんべん同じことを言うんだ」

「なんべんでも、伝わるまでです」

さっき電話で話したときには、発言のタイミングがかぶってしまったせいでいぶき先輩には聞き取れていないだろう。ならばもう一度伝えればいい。何度でも、何度でも、きちんと自分の気持ちを伝えるんだ。

「早乙女廉がついに覚醒《かくせい》したね」

ハンドルを操作しながら、和田さんが愉快そうに肩を揺らす。

「ところで和田さん、知ってました？」

僕は無線機を目で示した。そこからは利根山管理官と勝田の会話が聞こえている。

管理官は勝田を挑発したり、昔話をしたり、逆に下手《したて》に出て懇願したりしながら、会がされている。

話を引き延ばしていた。自覚はないだろうが、勝田は完全に管理官の手の平の上で転

　和田さんはかぶりを振った。

「まさか。知るはずもない」

けど、と続ける。

「管理官が見たまんまの印象の人なら、そもそも管理官になっていない」

「昼行灯《ひるあんどん》を演じていた……ってことですか」

『三者』ボタンで通話に介入してきた管理官を見れば、そう判断せざるをえない。

　僕は通信指令課配属当初、噂に聞いていた〈万里眼〉は管理官だと思い込んでいた。

通信指令課を束ねるトップだし、管理官のフルネームが利根山万里だと知って〈万里

眼〉という通称は、管理官の下の名前をもじったものだと考えたのだ。

　だがそれは誤解で、〈万里眼〉はいぶき先輩だった。管理官はニコニコしながら部

下にお菓子を配り歩くだけの、マスコットのような存在に過ぎなかった。

と、思っていたのだが。

　どうやら管理官もかつて〈万里眼〉と呼ばれていたらしい。二十五年前に逮捕され

た強盗殺人犯が服役中に噂を聞いたというから、いぶき先輩が警察官になる前から

〈万里眼〉が存在したのは間違いない。

管理官は元〈万里眼〉、いぶき先輩は現〈万里眼〉。

ということは、〈万里眼〉という二つ名は、歌舞伎役者の名跡《みょうせき》のように代々引き継がれていくものなのかもしれない。

「どういうことなんだ。早乙女が〈万里眼〉じゃないのか」

御厨さんが周回遅れの疑問を口にする。

和田さんが鼻で笑う。

「おまえ、まだそんなこと言ってるのか」

「おれだけ通話の内容を聞けなかったんです」

御厨さんは弁解口調だ。

普段から通信指令室に出入りしている和田さんはマイヘッドセットを持っているが、御厨さんにはそれがない。勝田側の音声が聞こえなかったのなら、なにが起こっているのか把握できなくてもしょうがない。

「でもなんとなくはわかったんだろ。担当でもないのに、わざわざこの車に乗り込んできてるんだから」

和田さんがちらりとルームミラーを見た。

「それはまあ……いぶきが誘拐されたんですよね。で、犯人から〈万里眼〉を出せって要求されている。そこらへんでよくわからなくなったんだけど、なんで細谷さんとか管理官が〈万里眼〉を自称して電話に出てるんだ？〈万里眼〉はおまえじゃないのか」

助手席を後ろから蹴《け》られたらしく、軽い振動を感じる。

「違います。僕は〈万里眼〉じゃありません」

僕の言葉に、御厨さんが眉《まゆ》をひそめる。

「管理官が〈万里眼〉で、おまえは〈万里眼〉の正体を隠すためのカムフラージュだった……ってわけか」

「それも違います」

「察しが悪いね。よく刑事がつとまるもんだ」

和田さんは小さく肩を揺すった。

御厨さんがむっとした口調で言う。

「じゃあどういうわけだ。さっさと教えろ」

助手席の背中に、さっきより大きな衝撃があった。

「〈万里眼〉の正体を隠すためのカムフラージュというのは間違いありません。ただ、本物の〈万里眼〉は管理官じゃないんです。いや、どうやら管理官もかつて〈万里眼〉と呼ばれていたようですが、僕が正体を隠したい〈万里眼〉は別の人でした」

「それは誰だ」

「いぶき先輩です」

情報を咀嚼《そしゃく》できないらしく、御厨さんが黙り込む。

和田さんが小さく噴き出すのを横目で見てから、僕は続けた。

「勝田の狙いは〈万里眼〉への復讐《ふくしゅう》のようです。ただ通信指令課の〈万里眼〉の噂は知っていても、その正体まで知る人は少ない。勝田も同じだった。だから〈万里眼〉の同僚を誘拐し、脅迫の材料にしようとしたのでしょう。勝田にとっていぶき先輩は、あくまでただの人質に過ぎません」

だからこそいぶき先輩を電話に出して僕と話をさせるという、大失態を犯したのだ。いぶき先輩こそが〈万里眼〉だと疑う気持ちが少しでもあるなら、そんな真似はしない。いぶき先輩は暴力に怯《おび》える無力な女性を演じることで、勝田を操縦した。

「勝田の狙いが〈万里眼〉である以上、いぶき先輩が〈万里眼〉だと知られるわけにはいかないし、〈万里眼〉を出せという勝田の要求に応《こた》えることもできません」

「勝田の狙う〈万里眼〉と、おれたちの思う〈万里眼〉は別人だったんだけどな。おれたちも利根山さんが先代の〈万里眼〉だなんて知らなかったんだ」

和田さんが補足する。

「そうです。〈万里眼〉をいぶき先輩のことだと思っていたので、僕も細谷さんも〈万里眼〉のふりをしたんです」

だが勝田に偽者だと見抜かれてしまった。このままではいぶき先輩にさらなる危害が加えられると考え、管理官は正体を明かす決意をした。

ふむ、とやけに神妙な顔で頷《うなず》いた後、御厨さんが唐突に奇声を発した。

「いぶきが〈万里眼〉だと？」

「だからそう言ってるじゃないか」

和田さんはあきれ口調だ。

「そんなわけない！　顔採用のあいつに、通報者からの聴取だけで事件の真相を見抜くような、そんな真似ができるわけない！」

「いぶき先輩は顔採用じゃありません」

今度は即答できた。

「あいつには顔以外に取り柄なんてないだろ！」

「御厨。なんでおまえには、いぶきちゃんが顔以外に取り柄がないように思えるのか、わかるか」

和田さんの質問に、御厨さんは言いよどんだ。

「そりゃ……顔以外に取り柄がないから」

「おまえがいぶきちゃんの顔しか見てないからだよ。最初からそこしか見ないで、ほかにもたくさんあるはずの彼女のすぐれた部分に目を向けようとしなければ、そりゃ顔しか取り柄がない女性に見える。だがそれはけっして、彼女の実像じゃない。おまえがそうあって欲しいと願う彼女の姿だ。いわばコンプレックスの裏返しだな。自分に自信がないから他人を無能と決めつけ、自分の作り上げた理想の型に押し込もうとする。そんな接し方をしてくる男と、はたして対等な関係が築けるかな。おれはおまえが元彼だって聞かされてから、なんでいぶきちゃんがおまえを選んだのか、ずっと疑問に思ってたんだ。どう考えても、いぶきちゃんはおまえのような男尊女卑のオラオラ系を好きになったりしない。一度は強引さに押し切られたものの、考え直してお断りを入れたパターンかもしれないな……って」

御厨さんは懸命になにかを言い返そうとしているようだが、言葉は見つからなかったようだ。顔を歪《ゆが》め、視線を落とす。

「実際のいぶきちゃんとの交際期間は、どれぐらいだったんだ」

しばらく葛藤《かっとう》するような沈黙が続き、消え入りそうな声が聞こえた。

「三日です」

「えっ？」

驚きのあまり声が裏返る。

交際期間三日って、もはやそれは交際したとは言わないのでは。

信じられない思いで後部座席を振り返ると、御厨さんはばつが悪そうに背を丸めていた。

「恋敵を牽制《けんせい》したかったのはわかるが、交際期間三日じゃ付き合っていたとはいえない。おまえもう、いぶきちゃんの元彼を自称するな」

和田さんはそう言った後で「自称元彼と自称〈万里眼〉が同乗しているわけか」と笑った。

ね？　心配する必要はなかっただろ？　という運転席からの視線が僕を捉《とら》える。いぶき先輩捜索にあたり、和田さんは僕の心に残っていたわだかまりを取り払おうとしてくれたようだ。だから余計なことを考えずに進め、という計らいか。

この人、本当に男前だなと、あらためて思う。僕は黙礼で謝意を示した。

〈北埠頭〉の道路標識が見えてきた。巨大なレゴブロックを積み重ねたような、カラフルなコンテナも見える。

いよいよだ。

口の中にたまった唾《つば》を飲み込むと、喉《のど》がごくりと鳴った。

5

埠頭の出入り口の道路には、数台の警察車両が路上駐車していた。付近を警ら中だった地域課員や機動捜査隊が駆けつけたのだろう。埠頭に乗り入れないのは、サイレンの音を聞かせることで勝田を刺激しないためか。

和田さんは器用にハンドルを操作し、白黒パトカーの間のスペースに覆面パトカーを縦列駐車した。

僕と和田さんと御厨さんの三人は、車をおりて駆け足で埠頭に入った。先着した警察官たちは手当たり次第にコンテナを捜索しているようだ。あちこちに紺色の制服が見えるものの、立ち姿に焦りが見える。芳しい成果は出ていないようだ。

「どこから捜索する？　手分けするか」

御厨さんの口調は、少し途方に暮れたようだった。

北埠頭の倉庫、あるいはコンテナ。それだけでかなり絞り込まれたのはたしかだが、一口に埠頭といってもかなりの広さだ。たしか東京ドーム何個ぶんあるみたいな話を聞いたことがある。だいたい東京ドームに行ったことのない地方民には、東京ドーム何個ぶんなんてたとえはイメージしづらいと思うのだけど。ともかく、北埠頭はかなりの広さなのだ。広大な敷地に、倉庫やコンテナが無数に連なっている。そのすべてを捜索するとなれば、かなりの時間を要する。一刻を争うこの状況で、もっと効率の良い方法はないのかと考えるのは当然だ。

だが現状、効率的な方法は見つからない。ヒントは北埠頭のみだ。

「そうだな。分かれたほうがよさそうだ」

和田さんの意見に、僕も賛成した。

おれはこっち、御厨はあっち、早乙女くんはそっち。連絡は無線で。

和田さんが手早く指示を出し、僕たちは三方に分かれた。

倉庫の扉に耳をあて、人の気配がしないかたしかめていく。

左耳に装着したイヤホンには、無線で管理官と勝田の通話を転送してもらっていた。

完全に管理官のペースに乗せられた勝田は、いまは刑務所での服役囚の待遇についての不満をぶちまけていた。そんな話を管理官にしてどうなるものでもないし、そもそも本来の目的からは完全に外れてしまっているのだが、相手にそれを気づかせないほど、管理官の人心操作術がすぐれているのだろう。

気づかないうちに管理官の思うままに操られているという意味では、これまでの僕ら通信指令課員も同じだったのかもしれない。

ともあれ捜索を開始してすぐに、広大な倉庫街から勝田といぶき先輩の居場所を探り当てるのが、いかに途方もない作業かを思い知らされた。しらみつぶしに捜索すればいつかは見つかるだろうが、いまはそんな時間をかけてもいられない。

「細谷さん」

僕は無線で呼びかけた。

「いぶき先輩がどこにいるのか、広すぎて見当もつかないのですが」

『大変よね。でも通話をよく聞いていても、これ以上所在地を絞り込めるようなヒントはないわよ』

『はい。どうしたの』

やはりそうか。管理官と勝田の通話には、僕も注意深く耳をかたむけていた。

近くの倉庫まで走り、扉に耳をあてて中の様子をうかがう。無線からは勝田の声が聞こえているが、扉越しにはなにも聞こえない。ハズレか。

せっかくいぶき先輩が居場所を知らせてくれたのに。

こういうとき、いぶき先輩ならどうするだろう。普通の人が思いつかないような独創的な方法で、犯罪者を追い詰めるのではないか。

僕は周囲を見回した。駆けつけた警察官たちが倉庫の扉に貼り付くようにしながら、聞き耳を立てている。みんな、いぶき先輩を救うために懸命になっている。だがあまりの効率の悪さに、少し滑稽《こっけい》にも思える。

遠くの海に巨大なタンカーが停泊していて、その前を小さな船が行き来している。小さく見えるけれど、タンカーとの比較で小さく見えるだけかもしれない。

ふいに汽笛が鳴り響き、心臓が止まりそうになった。ただでさえ大きな音なのに無線からも同じ音が聞こえたせいで、音量が増幅されている。

勝田は内心で焦ったんじゃないか。警察が北埠頭を特定しているとは、まだ気づいていないはずだから。

だがここまでだ。汽笛の音で北埠頭だと判断できても、その先に進めない。船が汽笛を継続的に鳴らしながら移動でもしてくれれば、音の大小からだいたいの距離感を推測できるのだが。

もっとも、あんな大きな音を鳴らしっぱなしにされたら、うるさくてかなわないけど。

どうしよう。考えるより動いたほうがいいのか？

なにをするにもあれこれ余計なことを考えてしまい、行動が遅れてしまう。それが僕の欠点だという自覚はある。

同僚たちはみな、必死になって身体を動かし、汗を流している。僕もなにも考えずに、まずは動くべきなのかもしれない。だが本当にそれでいいのだろうか。通信員として、〈万里眼〉いぶき先輩の仕事ぶりをすぐそばで見てきた後輩として、最善の選択だろうか。

考える。いぶき先輩ならどうするのか。いまは僕がいぶき先輩を救うべき〈万里眼〉だ。もちろん荷が重いのはわかっている。でもいま本物の〈万里眼〉は動けない。先代の〈万里眼〉は犯人の注意を引きつけてくれている。誰かが〈万里眼〉の代わりをつとめなければ。

いぶき先輩はクロスワードパズルのマス目を通じて、僕らに居場所を伝えた。クロスワードパズルの回答をすべて記憶していたのも普通なら驚異だが、いぶき先輩ならとくに驚くことではない。僕らの想像を軽々と超えてくるのが、いぶき先輩だ。

僕らの想像を、軽々と超える……？

もしかしていぶき先輩との短い通話の中に、ほかにも僕らの想像を超えるメッセージがこめられていた可能性はないか。

『キキカイカイ』、『タカハマキョシ』、『フルタアツヤ』、『トオマキ』。クロスワードの回答を記憶していたのは驚くべきことだが、それぞれの回答の頭の文字を取って北埠頭を導き出すという発想は比較的安直というか、想像の範囲に収まっている。

『キキカイカイ』、『タカハマキョシ』、『フルタアツヤ』、『トオマキ』。四つの単語を口の中で呪文《じゅもん》のように繰り返してみる。

——解けてないクロスワードパズルがあって、それだけが心残りなの。最後の一つ。

あれを解かずに死ぬなんて。

いぶき先輩の言葉を反芻《はんすう》した。

最後の一つ。最後の一つ。最後の……。

閃《ひらめ》きが弾《はじ》け、僕は大きく息を吸い込んだまま固まった。

こうしてはいられない。

大きくかぶりを振って我に返り、周囲を見回す。

「和田さん！」

和田さんは五〇メートルほど先の倉庫の前にいた。呼びかけに気づかずにそのまま立ち去ろうとしたが、両手を振って飛び跳ねながらアピールすると、駆け寄ってきた。

「どうした」

「車、出してもらえますか」

「かまわないけど、車だと小回りきかないし、サイレンも鳴らせないよ」

「いいんです。別のものを鳴らしますから」

「は？」

とにかく急いでくださいと和田さんを促し、覆面パトカーまで戻った。助手席に乗り込み、マイクを握る。右手に車載マイク、左手に無線のマイクを持つかたちになった。

無線のマイクで細谷さんに呼びかける。

「細谷さん、これから覆面パトカーでアナウンスしながら走ります。勝田との通話をモニタリングしながら、音が大きくなったのか小さくなったのかを教えてもらえますか」

『大丈夫なの？　警察の存在を知られたら、勝田を刺激することになるんじゃ』

　さすがの細谷さんも心配そうだ。

「ええ。ですから警察とわからないようなアナウンスをします」

「どういうことだい」

　エンジンをかけながら和田さんが首をひねる。

「いぶき先輩からの指示です」

『君野さんからの？』

「はい。『キキカイカイ』、『タカハマキョシ』、『フルタアツヤ』、『トオマキ』。これらの頭の文字から、北埠頭という地名がわかります。でもいぶき先輩がこれらの単語にこめたメッセージは、ほかにもあったんです。頭の文字ではなく、最後の文字を読んでいくと……」

　口の中でぶつぶつと呟《つぶや》いていた和田さんが、はっとなにかに気づいた顔になる。

「イシヤキ……石焼き芋！　石焼き芋売りを装うってことか！」

「そうです。サイレンが近づいてきたら、勝田を刺激する可能性があります。だから石焼き芋売りを装って走り回り、通話越しの音声で距離を測れという指示です」

「マジか、いぶきちゃん」

『君野さん、すごっ……』

緊急事態下での短い通話にこれだけのメッセージをこめられる警察官は、全国探してもいぶき先輩ぐらいなものだろう。

感心している暇はない。

「和田さん。車を出してください」

「わかった」

和田さんはハンドルを大きく切って縦列駐車の列から抜け出し、埠頭の敷地内へと車を乗り入れた。そこからは徐行の速度でゆっくりと走る。

僕はマイクを口に近づけた。

「いしやーきいもっ。やきいもーっ。おいしーい、おいも」

「上手《うま》いもんだな。イケボの焼き芋売り」

和田さんが肩を揺する。

「からかわないでください」

「わかってる。すまない」

僕だって気恥ずかしさはあるが、いぶき先輩の命がかかっている。街で見かける石焼き芋売りの軽トラックに搭載されたスピーカーから流れる音声の独特な抑揚を思い出しながら、懸命に調子を真似てなりきった。

あちこちで捜索を続ける警察官たちが、なにごとかとこちらを振り返る。中には

「なにやってんだ！　ふざけてんのか！」と駆け寄りながら叱責《しっせき》してくる者もいたが、説明している時間はない。

「どうですか」

細谷さんに確認すると『まだ。通話の背景に名調子は聞こえない』と返された。いぶき先輩が監禁されているのは、この近辺ではない。

「少しスピードを上げるか」

「そうですね。お願いします」

この近くでないのが明らかならば、徐行の必要はない。

「いしゃーきいもっ」

アナウンスをしながら、覆面パトカーは普通の石焼き芋売りのトラックならありえない速度で、埠頭内を流していく。細谷さんから断続的に届く報告の内容は芳しくない。

そして埠頭の出入り口から、一キロ近く進んだころだった。

『聞こえる！』細谷さんが興奮気味に言った。

『そのまま続けて。うっすらとだけど聞こえる……だんだん声が大きくなってきた』

和田さんはアクセルを緩め、徐行に戻った。

だが。

『ちょっと小さくなってきたような……うん。間違いない。小さくなった。遠ざかっている』

「戻るか」

和田さんが覆面パトカーをUターンさせる。

「やーきたてっ。おいしーい、おいもだよっ」

僕はマイクを握り、アナウンスを続けた。

『うん。近づいてきた』

「ってことは、このあたりか？」

和田さんが周囲の倉庫を見回す。

『いいえ。まだちょっと音が遠くに感じる』

「なら右に曲がってみるか」

覆面パトカーは四《よ》つ辻《つじ》を右折する。

「おいしい、おいしい、おいもだよ。ほっかほかの、おいもだよ」

「だんだん楽しくなってきたんじゃないの」

和田さんの指摘は図星だった。いまでは羞恥心《しゅうちしん》が麻痺《まひ》して少し気分がよくなっている。

だがしばらく進んだところで、細谷さんが言った。

『小さくなった』

「左だったか」

舌打ちしながら、和田さんがハンドルを大きく切る。

こんな調子で埠頭内を走り回りながら、勝田といぶき先輩の所在地を探っていった。

焦りのせいでかなり長い時間に感じたが、おそらく数分しか経っていないだろう。

僕らはついに、勝田といぶき先輩がいるであろう倉庫を特定した。コンクリートの壁に大きく水産会社の名前が書かれているが、会社自体がなくなったのか、倉庫を別の場所に移したのか、なんらかの理由でいまは使われていないようだ。ひび割れた壁は蔦《つた》に覆われ始めていて、夜になったら幽霊が出そうな雰囲気だった。

僕と和田さんは覆面パトカーをおり、倉庫の扉の前に立った。金属製の扉は錆《さ》びついているせいで閉まりきらないのか、わずかに隙間が開いている。覗《のぞ》き込んでみても、角度の関係で勝田たちの姿は見えない。だが声は聞こえた。

「うるせえ！　なにもかもおまえのせいなんだよ！」

勝田の怒声に、和田さんはうんざりした様子で肩をすくめた。

「まーだ、あんなこと言ってんのか。同じ話を何度も繰り返すやつ、いるよね」

会話が堂々巡りを続けているのは勝田の粘着質な性格のせいでもあるだろうが、管理官の話術の影響が大きいとも思う。管理官が会話を引き延ばしてくれていなければ、いまごろいぶき先輩はどうなっていたか。

「行きましょう」

矢も楯《たて》もたまらず突撃しようとする僕の肩をつかみ、和田さんは言った。

「待って。まだ中の状況がわからない。勝田の単独犯は間違いないだろうが、武装している可能性もある」

「そんなので怖がってられません」

「よく考えろ。勝田は二十五年も〈万里眼〉への恨みを募らせていたんだ。警察が踏み込んで計画が破綻《はたん》したとなれば、一矢報いるために人質に危害を加える恐れがある」

つまりいぶき先輩が危ないということか。

「すみません」

さすが和田さん。捜査一課のエースとして凶悪事件の捜査に携わってきただけのことはある。こんな状況でも冷静さを失っていない。

「まずは窓や開口部などを探そう」

「わかりました」

僕らは建物を回り込んだ。

すると先ほどの扉のちょうど裏側に階段があり、階段をのぼった先に扉があった。

扉は上半分がガラスになっている。ガラス自体は磨《す》りガラスなので中は見えないだろうが、全体にひびが入って一部が割れている。

あそこから中が見えそうですね。そうだね、行ってみよう。

僕と和田さんは視線で会話し、忍び足で階段をのぼった。

まずは和田さんが磨りガラスの割れた部分から中を覗き込む。

「見える」小声で言いながら手でOKサインを作り、僕に場所を譲ってくれた。

見えた。

薄暗い空間で、男がうろうろと同じ場所を歩き回りながら、電話にがなり立てている。手にしているのはスマホではなく、開閉式の古い携帯電話のようだった。あの電話にGPS機能がついていないせいで、所在地の特定が困難になったのだ。

勝田らしき男の髪の毛は半分ほど白くなっていて、ブルゾンを羽織った肩幅は広い。僕でも取っ組み合いになったら勝てそうにない男に襲われたいぶき先輩は、どれだけ怖かっただろう。あらためて勝田への怒りが湧いた。

そしてよく見ると、スニーカーを履いた足が横たわっている。

いぶき先輩だ——。

思わず声を上げそうになるのをぐっと堪《こら》えた。

どうしますか、と和田さんを振り返る。感情に任せて先走ってはいけない。

「武装してるね」

和田さんに言われ、あらためて中を覗き込んだ。

勝田は左手に携帯電話を持っているが、右手には柄の先に刃のついた、包丁のようなものを握っていた。さっき見たときにはまったく気づかなかった。

「ちょっといいかい」

和田さんは扉のノブを握った。ゆっくりとそれをひねり、ほんの少し扉を引く。

「鍵《かぎ》は開いている」

束の間、考える顔をした後で、和田さんは言った。

「おれが正面の扉から入ってやつの注意を引きつける。その間にここから入った早乙女くんが、いぶきちゃんを救出する」

そんなことができるのだろうか。

だって僕だぞ？

奥手で引っ込み思案でコミュ障でビビりな早乙女廉だぞ？

でもやるしかない。僕は頷《うなず》いた。だっていぶき先輩のためだし。どう考えても囮《おとり》役を買って出た和田さんのほうが危険だし。

「後は頼んだ」

「わかりました」

和田さんを見送り、僕はガラスの割れ目から中を覗き込む。

いつでも飛び込めるようにノブを握った。

「ふざけんじゃないぞ！　もう限界だ！　もう我慢ならねえ！　ぶっ殺してやる！　おまえのかわいい部下をな！　いいか。この女はおまえのせいで死ぬんだ！　わかってるだろうな！　こいつを手始めに、おまえの身の回りの人間を一人ずつ血祭りに上げてやる！」

勝田が大声を上げるたび、いぶき先輩に刃物を振るうのではないかとひやひやする。だが懸命に自分を律した。管理官は粘り強く勝田との通話を引き延ばしている。和田さんだって、じきに正面扉の前に到着するだろう。細谷さんは指令室で耳を澄ませ、僕らをここまで導いてくれた。いぶき先輩はこの場所を特定するためのヒントをくれた。すべてを僕のせいで台無しにするわけにはいかない。

大丈夫だ。これまでだって管理官は荒れ狂う勝田をいなし、のらりくらりと通話を引き延ばしてきた。元〈万里眼〉を信じよう。

そのときだった。

ぎぎぎ、と音がして、正面の扉が開いた。

逆光に人影のシルエットが浮かび上がる。

ついに和田さんが……！

勢い込んでノブをひねろうとして、はたと動きを止める。

和田さんにしては早すぎないか？

正面から裏手に回り込んだときの所要時間を思い返すと、いくらなんでも早すぎる気がした。

「なんだ！　てめえは！」

勝田が叫んだ。

とにかくこちらには注意が向いていない。いまのうちだ。

ノブをひねり、倉庫内に忍び込む。

と同時に破裂音が響き渡り、思わず自分の両手で頭を覆った。

え、なに、いまの音。なんの音？

混乱した頭が、やがて結論を導き出す。

発砲音……？

そんなわけがない。勝田は武装しているといっても刃物だし、和田さんだって、拳《けん》銃《じゅう》を所持していないはず。かりに拳銃を所持していたって、和田さんがいきなり発砲するなんてありえない。

とにかく危ない。いぶき先輩を安全な場所に避難させなければ。

建物の壁に沿って設置された通路を歩き、階段に向かう。

階段をおりたあたりに、いぶき先輩が横たわっているのが見えた。パーカーにデニムという普段着姿で、手足を結束バンドのようなもので拘束されているようだ。

そのそばに、勝田が立っている。

「てめえ！　大事なお仲間が殺されてもかまわないようだな！」

勝田がいぶき先輩の腕をつかみ、立ち上がらせようとする。

が、今度は破裂音が立て続けに二回。

勝田はたまらずに自分の頭を手で覆い、いぶき先輩の腕を離した。支えを失ったいぶき先輩がぐったりと倒れ込む。

いまだ！

立ちこめる白煙で視界が利かないが、いぶき先輩の倒れている場所は覚えている。

僕は一目散に階段を駆けおりた勢いで、いぶき先輩の腕をつかんだ。両脇から腕を差し入れ、ずるずるといぶき先輩の脚を引きずりながら、勝田から遠ざかる。

「あっ！　おい！　なにしやがる！」

人質を奪われたのに気づいたらしい。勝田が追ってこようとする。

ところがふたたび破裂音がして、しゃがみ込んだ。

「殺す気か！」

勝田の奥に見える人影は、拳銃をかまえたまま、無言で勝田に歩み寄る。明らかに和田さんではない。

そう思ったら「なにやってる！　やめろ！　御厨！」と、和田さんの声がした。

「み……」御厨さん？

勝田に発砲しているのは、御厨さんなのか。

薄れていく煙をかき分けて現れたのは、本当に御厨さんだった。

6

「御厨……」

いぶき先輩がうっすらと目を開けた。勝田に暴行されたらしく、よく見ると左目の周囲がどす黒くうっ血し、唇の周辺には凝固した血がこびりついている。

御厨さんがちらりと僕を見た。

いや、僕ではなくいぶき先輩を見た。

眉《まゆ》を吊《つ》り上げ、般若《はんにゃ》のような形相になる。

「きさま！　いぶきをこんな目に遭わせやがって！　ただで済むと思うなよ！」

「御厨！　止まれ！」

御厨さんは和田さんの制止を無視して進み、勝田の額に銃口を突きつけた。情けない悲鳴を上げた勝田が、その場にうずくまる。それに応じて銃口も下を向いた。

御厨さんがこちらを見る。

「見てろ、いぶき。おまえを酷《ひど》い目に遭わせたやつに、おれが復讐《ふくしゅう》してやる」

いぶき先輩は声を出すことができずに、顔を軽く左右に振るだけだった。

僕がいぶき先輩の気持ちを代弁する。

「やめてください！　先輩は復讐なんて望んでません！」

「おまえにいぶきのなにがわかる！」

銃口で頭を小突かれた勝田が、ひいいっと涙声を上げる。

「わかります。少なくとも御厨さんよりは」

「なんだと？」

「でも僕だって、いぶき先輩のすべてをわかってるわけじゃありません。相手のことをなんでもわかってると思った瞬間に、理解はストップします。人はそんなに単純じゃないし、つねに成長し、変わり続ける。だから相手のことを理解しようとし続けなきゃいけないんです」

「そうだぞ、御厨。力を誇示したところで、いぶきちゃんの気持ちを変えることはできない。おまえに足りないのは、相手の気持ちに寄り添おうという思いやりだ」

「うるせえっ！　知ったふうな口を利くんじゃねえ！」

ついに先輩刑事にも牙《きば》を剝《む》き、御厨さんはいぶき先輩を見た。

「なあ、いぶき。おれはずーっと考えてたんだ。なんでおまえが、おれのもとを去ったのか……たったの三日だぜ。たったの三日。その間、おれはいろんなやつに言いふらしちまってたんだ。おかげで引っ込みつかなくなっちまった。三日でフラれましたなんて、恥ずかしくて言い出せないだろう。いまだにおれとおまえが付き合ってるって誤解してる同僚もいるんだぜ。どうしてくれるんだ」

「自分のことばっかりじゃないか。そんなんだから三日でフラれるんだぞ」

「おまえは黙ってろ！」

和田さんを怒鳴りつけ、御厨さんが視線を戻す。

「そんな情けないガキのどこがいいんだ。気も弱いし腕力だってないし、ちょっとばかり声が良いから誤魔化されてるかもしれないが、顔だってよく見りゃ十人並みだろ。マジでどこがいいのかわからない。そんなのより、おれとやり直そうぜ。な？　おれならおまえを守ってやれる」

「や、やめてっ」

勝田はすっかり戦意喪失したようだ。

いぶき先輩は唇を動かしてなにかを言おうとするが、言葉にならないようだ。弱々しい呻《うめ》きが漏れただけだった。

「これからやることは、おれの愛情のあかしだ。おまえのためならなんだってやってやる。どんな危ない橋だって渡ってやる。そのガキと違うところを見せてやる。目ぇ、かっ開いてよく見てろよ」

「御厨、よせ！」

「こんなことが、早乙女にできるか」

御厨さんが引き金を絞る。

「やめてください！」

勝田が泣きながら懇願する。

僕はとっさにいぶき先輩を寝かせ、床を蹴《け》った。

そして勝田に覆いかぶさりながら、銃声を聞いた。

あたたかい血しぶきが顔にかかる。勝田ともつれ合うようにして床を転がる。「御厨、きさまなんてことしやがる！」と、和田さんが御厨さんを組み伏せているのが、視界の端に映る。ようやく追いついてきたほかの警官隊が、倉庫になだれ込んでくる。

僕は右の頰で冷たい床の感触をたしかめながら、いぶき先輩が仲間たちに助け起こされる様子を見ていた。勝田も取り押さえられたようだ。

よかった。いぶき先輩は、助かった。

ふうと安堵《あんど》の息をついた瞬間、左肩に焼き石を押し当てられたような激痛を覚えた。

そこで自分が撃たれたことを思い出した。

「いっ……」

あまりの痛みで声すら出せない。楽な体勢を探してひとしきり身をよじってみたものの、どの体勢でも痛いものは痛いという結論に達し、全身脂汗まみれで浅い息を継ぐしかできない。

「大丈夫かい」と、和田さんが駆け寄ってくる。

僕は歪《ゆが》めた顔を左右に振った。

「そうだよね。大丈夫なわけがないよね。でもさっきの早乙女くん、最高にかっこよかったよ。本当の勇気と強さを見せてもらった。そりゃあ、いぶきちゃんが惹《ひ》かれるわけだ」

懸命に笑顔を作ったつもりだが、上手《うま》く笑えているかは自信がない。

ふいに、右手にあたたかみを感じた。

和田さんが手を握ってくれたのかと思ったけど、角度的に和田さんには無理だ。黒目を動かすと、そこにはいぶき先輩がいた。いぶき先輩の両手が、僕の右手を包み込んでいる。

「早乙女くん。しっかりしてください」

ありがとうございます。いぶき先輩に手を握ってもらって、元気が出ました。銃創なんか痛くもかゆくもありません。

そう強がるつもりだったのに、あひあひと変な声を漏らした挙げ句に唾《つば》が気管に入って激しくむせ返ってしまう。

「無理はしないほうがいい。ちょっと止血するよ」

和田さんが二つに裂いてロープ状にしたジャケットで、僕の左肩周辺をぎゅっと縛る。あまりの痛みに脚をばたつかせて悶絶《もんぜつ》してしまった。

「もうすぐ救急車が来ます。頑張ってください」

遠くにサイレンが聞こえる。

どうしてもこれだけは伝えておかなければ。

「い……いぶき先輩……」

「なんですか」

「僕は、いぶき先輩のことがす、すすす、す……」

言葉が出てこないのは呼吸が苦しいせいではない。怪我していなくても、体調が万全であっても同じ状態に陥っただろう。思えばこれまでずっとそうだった。たった一言を口にできずに、行きつ戻りつを繰り返して結局は一歩も前に進めない人生だった。そんな自分が嫌いなくせに、行動できない自分に言い訳をして自己正当化して、勇気を振り絞って行動する人たちをうらやんできた。

そんな毎日に、いまこの瞬間、終止符を打ちたい。

僕は思いきり息を吸い込み、吐き出す勢いに任せて言った。

「好き――」

好きです。最後まで言えなかった。

人の頭のようなシルエットが近づいてきて、僕の唇になにかが触れたせいだった。

そのあたたかくてやわらかいなにかが触れた瞬間、全身に電流が走った。だがけっして、嫌な感覚ではなかった。

「えっ……と」

いまのは、なんだったんだ。

いぶき先輩がニコッと笑う。

もしかしてあの唇が、ここに……？

僕は右手を動かし、自分の唇に触れてみた。さっきの感触を反芻《はんすう》する。あきらかに自分のものではない、他人の身体の一部だった。

嘘……。

ふいに気が遠くなる。

「私も、早乙女くんのこと――」

いぶき先輩の言葉を聞き終わらないうちに視界が白く染まり、意識が途絶えた。

エピローグ

僕ががっくりとうなだれる隙を見計らい、和田さんがカツカレーの皿からカツを一切れ盗み食いする。

「ちょっと、警察官が窃盗なんてありえないでしょう」

「細かいこと言わない。いまや早乙女くんだって、おれがなにもしなかったら物足りなくなるんじゃない」

想像してみる。

食堂のテーブルで、和田さんと向き合って話している。僕の前にはカツカレー、和田さんは水か缶コーヒーのみ。それなのに和田さんは僕の食事にいっさい興味を示すことなく、僕は無事にカツカレーを一皿平らげる。

物足りない。というより、和田さんは体調でも悪いんじゃないかと心配になる。

だがそういう問題じゃない。僕はぶんぶんとかぶりを振った。

「だからって盗み食いが肯定されるわけじゃありません」

「じゃあ、等価交換といこうじゃないか」

和田さんがテーブルに片肘《かたひじ》をつき、身を乗り出してくる。

「等価交換……？」

僕はスプーンですくったカレーを口に運んだ。

「そう。早乙女くんのカツカレーのカツをつまみ食いしたお詫《わ》びというかお礼というか、いぶきちゃんのことについて相談に乗ってあげるよ」

カレーを噴き出しそうになる。すんでのところで大惨事は免れたものの、呑《の》み込んだカレーが喉《のど》に詰まって胸をこぶしで叩《たた》いた。

「なんですかそれ」

「だって悩んでるんだろ？」

否定はできない。

三週間の入院生活を終え、今日が本格的な職場復帰だった。御厨さんの放った銃弾は僕の左肩の肉を抉《えぐ》っただけで骨や神経には影響がなかったため、思いのほか早くに復帰できたのだ。

勝田を射殺しようとした御厨さんは、仲間たちの手で逮捕された。捜査三課の同僚によれば、このところ言動がおかしかったため、心療内科の受診を勧めていたらしい。

もちろん勝田も逮捕され、和田さんたちからの取り調べを受けた後で送検される予定だという。二十五年前の強盗殺人事件で逮捕されたのは〈万里眼〉のせいだったと服役中に同囚から知らされ、恨みを募らせていたというのは、すでに通信指令室への電話で明かされた通りだ。間違いなく長期の実刑となり、人生の大半を刑務所で過ごすことになるだろう。

それはともかくいぶき先輩だ。

北埠頭の倉庫に乗り込んだ僕は、勝田をかばって銃撃を受けた。痛みのせいで意識が朦朧《もうろう》として記憶が曖昧《あいまい》だが、あのとき僕は、いぶき先輩に告白した気がする。そしていぶき先輩から——。

「夢じゃないよ」

和田さんの言葉で現実に引き戻された。

「なにがですか」

「いぶきちゃんとキスしたの」

「ななな……なっ。なんてことを！」

和田さんが自分の唇に指をあてる。

僕が同じポーズをしていたのに、そのとき初めて気づいた。

「見てるこっちが照れくさくなるようなラブシーンだったよ」

和田さんが嬉《うれ》しそうに目を細める。

顔から火を噴きそうになりながらも、僕は訊《き》いた。

「本当ですか。本当にその……」

僕は指先で唇に触れた。

「本当だよ。その場に立ち会って、五〇センチぐらいの至近距離で見てたんだから」

夢じゃなかったんだ。

自分の頭を撫《な》でまわす僕に、和田さんが言う。

「あれが夢じゃなかったら、いぶき先輩の態度がこれまでとまったく変わらないのはなぜだろう」

ぎくりとした。どうしてこの人には、僕の考えていることがわかるんだ。

「どうしてこの人には、僕の考えていることが――」

両手を振って遮った。

「わかりましたわかりました。その通《つ》りです」

和田さんが満足そうに口角を吊り上げる。

「早乙女くんはちゃんと、自分の言葉で想いを伝えていたよ。いぶきちゃんもしっかり聞いていた。だから早乙女くんにキスしたんじゃないかな」

そうだよな。僕は頬の火照りをたしかめながら、記憶を反芻する。

あのとき、いぶき先輩に手を握られながら、僕は彼女に想いを伝えた。そしてキスされた。あれは夢なんかじゃない。現実だった。

そうすると、僕が気になるのはその先——。

「意識を失う直前、いぶき先輩がなにかを言っていた気がするんだけど、なにを言っていたんだろう」

また思考を読まれた。

「和田さん。もしかして超能力者ですか」

「違うよ。早乙女くんがわかりやす過ぎるだけだよ。ほかの人の考えていることは、こんな簡単には読めない」

そうなのか。僕はそんなにわかりやすいのか。ともかくそれなら話は早い。

「あのとき、先輩はなんて言ってたんですか」

僕は想いを伝えた。おそらくは、それにたいする返答だ。そんな大事な言葉を、肝心なところまで聞き届けることなく意識を失うなんて、いつもながら間が悪いし情けない。たぶんキスされたせいで、頭に血がのぼってしまったのだ。

和田さんはテーブルに肘《ひじ》をつき、顔の前で手を重ねた。

「知りたいかい」

「もちろんです」

にやり、と唇の片端を吊り上げる。そして両手を広げた。

「おれからは言えないな」

「どうしてですか」

「むしろおれの口から聞きたいのかい」

問いかけられ、言葉が喉に詰まる。

ほらね、という顔をして、和田さんは続けた。

「いぶきちゃん本人の口から聞くからこそ、意味があるんじゃないかな」

「でも意識が……」

意識が飛んで聞くことができなかったのだ。

「訊けばいいじゃない」

「え」マジか。

和田さんの口ぶりは、冗談ではなさそうだ。

「気になるなら、訊《たず》ねればいい。あのとき、なんて言ったんですか……って」

「そんなの無理ですよ」

「それなら、また想いを告げるんだ。そうすればいぶきちゃんだって応《こた》えてくれるんじゃないかな」

まったく反論の余地もないが、僕にそんなことができるだろうか。むしろどうしてあのときにはできたのだろう。いぶき先輩が酷《ひど》い目に遭わされていたり、僕自身も負傷していたりという非日常きわまりない状況でアドレナリンが出まくったのだろうけど、あそこまで特殊な環境でないと想いを伝えられなかったともいえる。

それをもう一度だなんて——。

「もうすぐクリスマスじゃない。昨日、ミキちゃんと東京の表参道《おもてさんどう》に行ってきたんだ。イルミネーションが綺麗《きれい》だったよ」

「はあ」僕にとっては肩身の狭い季節だ。これまでずっとそうだったし、これからもそうだろうなと、ぼんやりした諦《あきら》めを抱いている。

「クリスマスのために恋人を作る必要なんてないし、友人や家族と過ごすクリスマスだって素敵な思い出だと思うけど、早乙女くんにとっては、一歩踏み出す良いきっかけになるんじゃないかな。カップルで楽しめるイベントがあちこちであるし、良い雰囲気にもなりそうだし」

「わかりやすくカップル向けのイベントっていうのが、抵抗あるんですけど」

「いかにも流れに乗せられてる感じがして?」

「そうです。あと、下心丸出しな感じがして」

「自意識過剰」一刀両断にされた。

もやもやした気持ちは晴れないまま、僕は和田さんと一緒に通信指令室に戻った。

ICカードで開錠して中に入ると、管理官が個装されたお菓子を差し出してくる。

「〈ハッピーターン〉、食べる？」

「ありがとうございます」

今日も大きな事件は起こらなそうだと安堵《あんど》しながら、内心で首をひねる。あのとき、『三者』ボタンで通話に介入し、僕らの到着まで勝田の注意を引きつけた元〈万里眼〉の片鱗《へんりん》は、まったくうかがえない。能ある鷹《たか》は爪を隠すと言うけれど、管理官はこのまま田舎のおじいちゃんみたいな、通信指令課のマスコットに徹するつもりだろうか。

「おかえりなさい」

六番台の細谷さんが顔を上げた。

「ただいま戻りました」

「じゃあ私、休憩いただこうかな」

細谷さんが重ねた両手を突き上げながら、大きなのびをする。

「いってらっしゃい」

「今日はなに食べたの」

「カツカレーです」

我ながら代わり映えしない回答だ。

「カツカレーかあ。昨晩はカレーだったのよねえ」

「二日連続だとちょっと飽きますね」

和田さんが会話に加わってくる。

「そうね。でもここの食堂のカレー、美味《おい》しいからね。大きな鍋《なべ》で大量に煮込んでるからだと思うけど……まあ、フィーリングで決めることにする」

いってきます、と細谷さんがお腹を撫でながら指令室を出て行く。

自分の指令台につこうとしたとき、和田さんに耳打ちされた。

「いま、チャンスじゃない。いぶきちゃんの通報対応が終わって手が空いたら、話をしてみたら。で、イルミネーションでも観に誘えばいい」

「はあ」できる気がしないけど。

和田さんは僕のもとを離れ、別の職員と立ち話を始めた。聞き耳を立てられていると話しづらいだろうと、気を遣ってくれたらしい。そこまでされるとプレッシャーかかるなあ。たぶん、わざとなんだろうけど。

五番台の椅子を引き、ヘッドセットを装着しながら左に視線を滑らせる。

ちょうど通報対応を終えたらしく、いぶき先輩がふうと肩を落とした。

「お先に休憩いただきました。ありがとうございました」

いぶき先輩が僕を一瞥《いちべつ》する。

「おかえりなさい」

軽く口角を持ち上げる愛想笑い。けっして冷淡ではないが、同僚にたいする以上の気持ちは感じられない。

　こんなものかと落胆すると同時に、服務中にベタベタするほうがおかしいとも思う。ましてや相手は〈万里眼〉こと君野いぶき。僕はいったいなにを期待していたのか。

　いぶき先輩は抽斗《ひきだし》を開け、雑誌を取り出した。

「あれ、もう新しいの出たんですか」

　購読しているクロスワードパズルの雑誌は隔月刊だと聞いた。もうそんなに月日が流れたのか。

「違います。別のを買ってみたんです」

「そうなんですか」

　意外に思う気持ちが声に乗った。いぶき先輩が視線を僕に向ける。

「なにか？」

「いや。同じように見えても、問題作成者が違うのはダメだって」

　たしかそう言っていた。

「探してみることにしたんです」

「は？」

「ほかにも私の好きなタイプの問題を作る人がいるかもしれません」

「なるほど。良いことだと思います」

心境に変化があったのは、拉致《らち》監禁され、生命の危機に瀕《ひん》したからだろうか。

「まだなにか？」

横目を向けられ、いぶき先輩をまじまじ見つめていたのに気づいた。

「なんでもないです。すみません」

正面に向き直りながら「なんでもない」ことはないだろうと、自分にツッコミを入れる。すみません、和田さん。せっかく背中を押してもらったけど、なにも言い出せずに終わりそうです。

するといぶき先輩の声がして、視線を引き戻された。

「ありがとうございました」

いぶき先輩は雑誌を開いたまま、顔だけをこちらに向けている。

「助けに来てくれて」

「いえ。当然のことですよ」

「警察官として、ですか」

「そうです」

反射的に答えた後で、違うと心の中で叫んだ。

違う。ぜんぜん違う。僕が指令室を飛び出したのは、警察官としての使命感や義務感からの行動なんかじゃない。なんで「そうです」なんて答えてしまったんだ。

「そうですか……そうですよね」

いぶき先輩の微笑が少しだけ寂しそうに見えたのは、気のせいだろうか。

「あの、いぶき先輩」

僕は椅子を回転させ、身体ごと先輩のほうを向いた。

いぶき先輩が軽く首をかしげる。

「あの、あの……あの……」

いかんいかん。このままでは、いつもみたいに言いたいことを言えずに終わるパターンに嵌《は》まってしまう。

僕は胸に手をあて、大きく深呼吸した。

「あのとき、口にした言葉、嘘じゃないですから。雰囲気に流されたわけでもない。僕の偽らざる本心です」

「あのとき……」と記憶を辿《たど》る顔をした先輩だったが、すぐに思い当たったらしい。小さく口を開き、頬をほのかに赤く染める。

「で、あれは僕の心からの言葉なんですけど、あの後、いぶき先輩……」

先輩の顔がゆでダコみたいに赤くなった。

キスのくだりについては、省略したほうがよさそうだ。

「なにか言ってましたよね」

いぶき先輩は恥ずかしそうに顔を伏せ、肩をすくめて小さくなっている。けれど話題を変えて欲しいというわけでもなさそうだ。

僕は続けた。

「あのとき僕、意識を失ってしまって、先輩がなにを言っていたのか聞き取れなかったんです。それが入院中もずっと気になっていて……」

いぶき先輩もお見舞いに来てくれたが、同僚たちと一緒だったため、込み入った話をする雰囲気にはならなかった。

「だから、教えてくれませんか。あのとき、先輩がなんて言ってたのか」

先輩は真っ赤な顔で床の一点を見つめながら、目を瞬《しばたた》かせている。あまりの恥ずかしがりようにかわいそうになってくるけど、ここまで来たら僕も退けない。自分の両《りょう》膝《ひざ》をつかみ、いぶき先輩の唇が動くのを待った。先輩はしばらく葛藤《かっとう》している様子だったが、やがて自らを鎮めようとするかのように肩を上下させた。

「私があのとき言ったのは……」

僕は息を呑《の》む。

「私も、早乙女くんのことを……」

心臓が口から飛び出しそうだ。

ところが――。

一一〇番通報の着信を告げる警告灯が緑色に光り、ブザーが鳴り響く。

僕は内心で天を仰ぎながら、『受信』ボタンを押して応答した。

「はい。Z県警一一〇番です。事件ですか。事故ですか」

『早乙女！』

声を聞いた瞬間に力が抜けた。

「海斗くん。なにもないのに一一〇番に電話してきたらダメじゃないか」

『なにもなくないよ！　早乙女が退院したって聞いたから、お祝いに電話したんじゃないか』

「そっか。ありがとう」

お礼を言ってから、はたと我に返る。「いやでも、そんな用事で一一〇番するのは――」

『新しく好きな子ができたんだ』

「本当に？」

思わず乗っかってしまった。大失恋以来、どうなったのかずっと気がかりだったのだ。

『うん』

「今度は、どういう……」

『同級生だよ』

全身から集めたような吐息が漏れる。同じ小学校四年生なら、舞香ちゃんのときのような心配はいらない。そのはずだ。

『なんだよ、早乙女。なんでホッとしてるの』

海斗くんが笑う。

「いやだって、また年上かと思って」

『年上じゃまずいの』

「まずいっていうか……同じぐらいの年のほうがいいだろう？　話とかも合うし」

ふいに左頰に視線を感じて振り向くと、いぶき先輩が睨《にら》んでいた。

全身の産毛が逆立つのを感じながら、僕は懸命に考える。

なんでいぶき先輩はあんな目をしているんだ。なにか機嫌を損ねることをしてしまっただろうか。なにがまずかったのか。

「あ」

いぶき先輩も年上だ。

「いぶき先輩。これは違うんです。あくまで小学校四年生と中学生の話でして……大人になったら五つや六つの年齢差なんて……」

『なに言ってるんだよ、早乙女。どうやって好きな子に告白するか、相談に乗ってくれよ』

「いまそれどころじゃないって」

『駅前のイルミネーション。あれを観に好きな子を誘いたいんだけど』

「誘えばいい」

『でもイルミネーションって夜じゃん。大人が一緒でないと出歩けないから、早乙女、一緒に行ってくれないかな』

「なんで僕が……！」意味がわからない。

「お手洗いに行ってきます」

先輩が席を立つ。

「あ、待って」

『なにを待つんだよ』

「海斗くんじゃない……いぶき先輩！」

出入り口のほうに歩き出していたいぶき先輩が、こちらを振り向いた。

「イルミネーション、観に行きませんか」

『やった！　ありがとう早乙女！』

海斗くんが大喜びしている。いや違うって。

いぶき先輩はあかんべーをするように舌を出した後で、親指と人差し指でハートマークを作って笑った。

本書は書き下ろしです。

この作品はフィクションであり、実在の人物・地名・団体等とは一切関係ありません。

お電《でん》話《わ》かわりました名《めい》探《たん》偵《てい》です

復讐《ふくしゅう》のジングル・ベル

佐《さ》藤《とう》青《せい》南《なん》

令和4年 12月25日　初版発行

発行者●山下直久

発行●株式会社KADOKAWA
〒102-8177　東京都千代田区富士見2-13-3
電話　0570-002-301（ナビダイヤル）

角川文庫 23467

印刷所●株式会社暁印刷
製本所●本間製本株式会社

表紙画●和田三造

ISBN 978-4-04-113313-2　C0193

◇◇◇

角川文庫発刊に際して

角川源義

第二次世界大戦の敗北は、軍事力の敗北であった以上に、私たちの若い文化力の敗退であった。私たちの文化が戦争に対して如何に無力であり、単なるあだ花に過ぎなかったかを、私たちは身を以て体験し痛感した。西洋近代文化の摂取にとって、明治以後八十年の歳月は決して短かすぎたとは言えない。にもかかわらず、近代文化の伝統を確立し、自由な批判と柔軟な良識に富む文化層として自らを形成することに私たちは失敗して来た。そしてこれは、各層への文化の普及滲透を任務とする出版人の責任でもあった。

一九四五年以来、私たちは再び振出しに戻り、第一歩から踏み出すことを余儀なくされた。これは大きな不幸ではあるが、反面、これまでの混沌・未熟・歪曲の中にあった我が国の文化に秩序と確たる基礎を齎らすためには絶好の機会でもある。角川書店は、このような祖国の文化的危機にあたり、微力をも顧みず再建の礎石たるべき抱負と決意とをもって出発したが、ここに創立以来の念願を果すべく角川文庫を発刊する。これまで刊行されたあらゆる全集叢書文庫類の長所と短所とを検討し、古今東西の不朽の典籍を、良心的編集のもとに、廉価に、そして書架にふさわしい美本として、多くのひとびとに提供しようとする。しかし私たちは徒らに百科全書的な知識のジレッタントを作ることを目的とせず、あくまで祖国の文化に秩序と再建への道を示し、この文庫を角川書店の栄ある事業として、今後永久に継続発展せしめ、学芸と教養との殿堂として大成せんことを期したい。多くの読書子の愛情ある忠言と支持とによって、この希望と抱負とを完遂せしめられんことを願う。

一九四九年五月三日